講談社文庫

# 殺人出産

村田沙耶香



講談社

# 目次

# 殺人出産

# 殺人出産

蟬《せみ》の声が聞こえる。

会社が入っている灰色のビルの裏手にある街路樹には、毎年沢山の蟬が棲み着いて騒音に悩まされる。女子トイレはちょうどその木の真ん前にあるので、曇りガラスの窓ごしに、壊れた電子音のような喧《やかま》しい声が響いてくる。

「瑞穂《みずほ》さんが、『産み人』になるつもりだったなんて、ぜんぜん気付かなかったです」

真夏に近付くにつれて激しくなる騒音に顔をしかめている私の横で、後輩のチカちゃんが歯ブラシに歯磨き粉をつけながらぼやいた。

「育子《いくこ》さん、聞いてました？」

「ううん、ぜんぜん知らなかった」

「瑞穂さんがそんなにまで想う相手って、どんな人なんだろう。今、34歳ですよね。

1年で一人頑張るにしたって、産み終わったら44歳かあ。それまで一人の人を想い続けることなんて、できるのかなあ」

「途中でやめちゃう人も、けっこういるらしいからね」

私は日焼け止めを塗り直しながら言った。オフィスではブラインド越しに日差しが入ってくるので、室内でも日焼け止めはちゃんと塗ることにしている。白く浮かないように丹念に肌に伸ばしている私の横で、チカちゃんがため息をついた。

「前の部長も、『産み人』になるって言って辞めていきましたよね。今、どれくらい産んでるんですかね」

「もう6人だって聞いたよ。1回、双子が生まれたからね」

「みんなすごいなあ。私、憧れちゃいます」

チカちゃんの無邪気な様子に、私は苦笑した。

「まあ、憧れる気持ちはわからないでもないけど、実際になるのは難しいよね」

「そうですけど……ね、育子さんは今、殺したい人っていないんですか？」

私はコンパクトを開けてファンデーションを塗りながら肩をすくめた。

「うーん、そうだなあ。ちょっとだけ気になってる人は、いるかな。でも一生かけて殺すのに、本当にその人でいいかっていうと、悩んじゃうんだよね」

「やっぱ、そーですよねえ……」

「だから、部長や瑞穂さんはすごいって思うよ。そんなに一途に誰かを殺したいって想い続けることができるなんて」

「そうですよね。素敵だなあ……」

チカちゃんはぼんやりと呟くと、ピンクの歯ブラシを咥えた。

化粧直しを終えた私はチカちゃんに「先に戻ってるね」と告げ、席に向かった。

中に入ると先週入ってきたばかりの派遣の佐藤さんがもう席に座っていた。

「あれ、ここでお昼食べたんですか？」

佐藤さんはぱっと振り向き、丁寧な手つきで弁当箱を片付けながら頷いた。

「はい、お弁当を持ってきていたので」

「営業事務でお弁当持ってきてる人は、集まっていつも会議室で食べてるんですよ。今度からそっちで一緒に食べませんか、もしよければ」

佐藤さんは白い歯を見せて柔らかい笑顔で、「はい、ご一緒してよければ喜んで」と答えた。

佐藤早紀子《さきこ》さんは、「産み人」になる瑞穂さんの仕事を引き継ぐために入ってきた人だ。ベテランの瑞穂さんがいなくなるのでどうなることかと思ったが、佐藤さんは仕事ができる人で飲みこみが早く助かった。礼儀正しくきびきびとしていてよく気が付き、話しかけてもとても感じがいいので、ちょっとキツいところのある瑞穂さんよりいい人が入ってきてくれたな、と心の中で喜んでいたのだった。

「今日はお天気がいいですね。お散歩に行きたくなっちゃうような天気だな」

佐藤さんが眩《まぶ》しそうに外を見る。

「目の毒ですよね。ブラインド閉めちゃいます？　紫外線も入ってくるし」

誰かが昼休みに開けたらしいブラインドを閉めていると、佐藤さんも立ち上がって手伝ってくれた。

「ありがとうございます。佐藤さんみたいな人が入ってきてくれてうれしいです。突然一人抜けることになってばたばたしてたので」

「ああ……それはしょうがないですよ。前任の方、『産み人』で辞めていったんですよね」

佐藤さんは小さく笑った。

「そうなんです。だからなるべく協力しないといけないとわかってはいるんですが、突然だったんでなかなか対応が追い付かなくて……佐藤さんみたいに仕事ができる方がいらしてくれて、正直、ほっとしました」

佐藤さんは「そんなことないですよ」と照れたように言い、「あの、早紀子でいいですよ。ここ、佐藤が3人もいるでしょう？　呼ばれる私も混乱しちゃって」とベージュ色の品のいい口紅の塗られた口元を綻ばせた。

「あ、じゃあ、私も育子でいいですよ。私、早紀子さんと同い年なんです」

「そうなんですか。なんだかうれしいですね」

早紀子さんが目を細めて笑ったところで休憩の時間が終わり、外で食べていた女の子たちも一斉に席へ戻ってきた。

私たちは席について、仕事を再開した。先週まで瑞穂さんがいた席に早紀子さんが腰を下ろし、手早くパソコンのキーボードをたたき始めた。外からは、まだ微かに蝉の声がしていた。

今から100年前、殺人は悪だった。それ以外の考えは存在しなかった。

私が幼稚園くらいのころもまだ、殺人は悪という考えが根強かった。殺意を冗談めかして言う人はいたが、本気だと捉えられると殺害予告とみなされ通報されたりするような、デリケートなものだった。ましてや殺人は、どんな理由があろうと全て罪だった。母からもそう教わっていたし、幼稚園で「殺すぞ」なんて言葉を冗談でも口にした男の子は、先生からこっぴどく叱られていた。

もちろん、今だって殺人はいけないこととされている。けれど、殺人の意味は大きく異なるものになった。

昔の人々は恋愛をして結婚をしてセックスをして子供を産んでいたという。けれど時代の変化に伴って、子供は人工授精をして産むものになり、セックスは愛情表現と快楽だけのための行為になった。避妊技術が発達し、初潮が始まった時点で子宮に処置をするのが一般的になり、恋をしてセックスをすることと、妊娠をすることの因果関係は、どんどん乖離《かいり》していった。

偶発的な出産がなくなったことで、人口は極端に減っていった。人口がみるみる減少していく世界で、恋愛や結婚とは別に、命を生み出すシステムが作られたのは、自然な流れだった。もっと現代に合った、合理的なシステムが採用されたのだ。

殺人出産システムが海外から導入されたのは、私が生まれる前のことだ。もっと以前から提案されていたものの、10人産んだら一人殺してもいい、というこのシステムが日本で実際に採用されるのには、少し時間がかかった。殺人反対派の声も大きかったからだ。けれど、一度採用されてしまうと、そちらのほうがずっと自然なことだったのだと皆気付くこととなった、と学校で教師は得得と語った。命を奪うものが、命を造る役目を担う。まるで古代からそうであったかのように、その仕組みは私たちの世界に溶け込んでいったのだと、教師は熱弁した。

恋愛とセックスの先に妊娠がなくなった世界で、私たちには何か強烈な「命へのきっかけ」が必要で、「殺意」こそが、その衝動になりうるのだ、という。

殺人出産制度が導入されてから、殺人の意味は大きく変わった。それを行う人は、「産み人」として崇《あが》められるようになったのだ。

日本では依然として人工授精での出産が1位を占めるが、それでも「産み人」から生まれた子供の比率は少しずつ増え、昨年度の新生児の10パーセント以上を占めるようになっていた。

当然だが、それは命懸けの行為であるので、「産み人」としての「正しい」手続きをとらずに殺人を犯す人もいる。逮捕されると、彼らには「産刑」というもっとも厳しい罰が与えられる。女は病院で埋め込んだ避妊器具を外され、男は人工子宮を埋め込まれ、一生牢獄の中で命を産み続けるのだ。

死刑なんて非合理的で感情的なシステムはもう過去のものなのです、と教師は言った。殺人をした人を殺すなんてこわーい、とクラスの女子は騒いだ。死をもって死を成敗するなんて、本当に野蛮な時代もあったものです、命を奪ったものは、命を産みだす刑に処される。こちらのほうがずっと知的であり、生命の流れとしても自然なことなのです、と教師は言い、授業を締めくくった。

中学生だった私には、大きく頷いているクラスメイトたちの姿がなんだか洗脳されているように見えた。今日学んだことについて作文を提出しなさいと言われ、私はこう書いた。

「100年前には殺人はまったく違う意味を持っていました。だから、100年後にはどうなっているかわからないと思います」

私は職員室へ呼び出され、俺が毛深くてゴリと呼ばれてることは知ってる、だから悪戯《いたずら》や反抗心でこんなことを書くのかと、見当違いの説教をされた。

「産み人」が産んだ子供はセンターに預けられる。瑞穂さんは、途中で挫折さえしなければ子供を産んではセンターに預ける生活を10人産み終えるまで続け、それから彼女の想う人を殺すのだろう。彼女が殺したい人が誰なのかはわからない。ただ、彼女の殺意が未来に命を繋いでいく。そのことだけは確かなのだった。

家に帰ってベッドにバッグを放り投げた瞬間、携帯が鳴った。急いでディスプレイを見ると母からの着信だった。

母は、20代のころ私の姉をセンターから引き取り、数年後にやっぱり自分の遺伝子を残したい、という理由で人工授精をして私を産んで育てたシングルマザーで、今も弁護士として働いている。

「従妹《いとこ》のミサキちゃん覚えてる？　夏休みの間、東京へ来たいんですって」

私はおぼろげに、10年ほど前に叔母がセンターから引き取った赤ん坊の姿を思い浮かべた。

「うん、覚えてるよ。赤ちゃんのとき会ったし、あと何年か前、叔母さんとお母さんが温泉旅行に行ったとき、お姉ちゃんと私で面倒見たことあったよね。あの元気な子でしょ」

「そうそう。その子が今、小学5年生になったんだけど、東京へ遊びに行きたいって言ってるんですって。夏休みの間、あんたの家に置いてもらうことってできない？」

「うちに？」

「だって、今、環《たまき》の部屋が空いてるでしょう。それに私は夜中に帰るのがほとんどで。あんたのほうがまだ早く帰れるじゃない」

「そうだけど……」

「いいじゃない。子供と過ごす夏も、悪くないわよ。子供を大事にしないとあんた、世間様に顔向けできないわよ」

確かに、私たちにとって子供は宝だ。今の時代、子供は誰かの子供である以前に人類の子供であり、人類の子孫だ。私は平穏な生活が乱れるのは嫌だな、と思いながらも渋々了解した。

「わかった。とりあえず夏休みのあいだ、その子を預かればいいわけね。でも、昼間は会社だから相手できないわよ」

「大丈夫。もう5年生だし、すごくしっかりした子だから一人でだって平気よ。こっちに友達もいるみたいだし。あんたは寝る場所を提供するだけでいいわよ」

「まあ、それならいいけど」

なんだかんだ言っているうちに、来週小学校が夏休みに入ったらすぐ、ミサキがこちらへ来るということで話が纏まってしまった。


7月後半の日曜日、ミサキは長野からこちらへやってきた。叔母が車でマンションの前まで送ってきて、「ちゃんと育子ちゃんの言うことを聞くのよ」と言い聞かせ、「育子ちゃん悪いわねえ。環ちゃんにもよろしくね」と何度も頭を下げながら慌ただしく去って行った。

ミサキは髪を短く切り、Tシャツにショートパンツという格好のボーイッシュな女の子だった。前に会ったのは4年ほど前なので、ミサキは小学1年生だったはずだ。そのときもショートカットの活発な女の子だったので、変わらないなあ、と私は懐かしい気持ちで彼女を迎え入れた。

「久しぶり、ミサキちゃん。育子だよ。昔、一緒に遊んだことあるんだけど、覚えてるかな」

「覚えてるよ！　環ちゃんと3人で、伯母さんの千葉のお家でゲームして遊んだよね」

「そうそう。大きくなったねー。今、何年生？」

「5年生だよ。育子ちゃん、ぜんぜん変わんないね」

中身も元気いっぱいという感じで、きょろきょろとせわしなくマンションの中を見回している。

「とにかく、入って入って。外、暑かったでしょ。中はクーラーきいてるから」

私はミサキを家の中に招き入れた。姉とルームシェアをしている家なので、リビングの他に私の寝室と、奥にもう一つ部屋がある。そこは今は空いているので、その部屋にミサキの荷物を運んだ。

「ここ、お姉ちゃんの部屋なんだけど、今は空いてるから。好きに使っていいよ」

「うん。広い部屋！　環ちゃんは、今回はどこに行ってるの？」

「今はイギリスかな。また長期の仕事が入ったから、当分帰って来ないよ」

「そうなんだ。会いたかったなあ」

そういえば、４年前に遊んだときも、ミサキは私より姉によく懐いていた。姉の作ったフルーツタルトを嬉しそうに食べていたし、姉の長い髪に羨ましそうに触れていた。姉がミサキのショートカットの耳の上の部分だけを編み込みにしてピンで留めてあげると、何度も鏡を見ては、「ありがとう、環ちゃん」とはしゃいでいた。

「どこか行きたいところあったら、週末なら連れて行ってあげられるよ。どこがいい？」

子供扱いされたと感じたのか、ミサキは唇を尖《とが》らせた。

「えー、一人で見てまわれるよ。友達だっているし」

「まあ、買い物くらいならいいけど、やっぱり子供だけだと東京は危険だから。なるべく私が付いてくよ」

ミサキは「大丈夫なのにぃ」と言いながらも、「原宿に欲しいスニーカーの店がある の。そこは絶対に行きたい！　あとは秋葉原と、中野のブロードウェイとー」と荷物から取り出したいろんな雑誌の切り抜きを見ながら地名を挙げていった。

「ディズニーランドは？　混んでるかもしれないけど」

「あんなとこ、きらーい。女子供が行くとこだよ」

ミサキが澄まして言うので、私は吹き出しそうになった。

「まあ、行けるところは土日に連れて行ってあげる。お盆になったら休みもあるし。平日はいつも大体、7時か8時くらいには帰ってくるから。昼間出歩いてもいいけど、あんまり一人で危険なところには行かないでね。家の中でも、火とか刃物とか、危ないものには近づいちゃ駄目だよ」

「いつも夜、一人で留守番してるから平気だよ。お母さん仕事で遅いから、自分でご飯作って食べてるもん」

「でもうちではあんまりしないで。心配だもの」

ミサキは不満そうだったが、渋々頷《うなず》いた。

「じゃあ、少し部屋で休んでなよ。お腹減ったでしょ？　ご飯の準備するからね」

「うん。あ、あとでテレビ見ていい？　こっちでしかやってない番組が見たい！」

ミサキは元気よく言い、急いで荷物の整理を始めた。賑《にぎ》やかになりそうだな、と思いながら、私は部屋の襖を閉め、台所に向かって食事の準備を始めた。


慣れない料理でなんとか作ったのは、ハンバーグとポテトサラダと麻婆豆腐というちぐはぐなメニューだった。

いつも適当な野菜炒めくらいしか作らないので、思いのほか時間がかかりくたびれた。明日からはどこかで買ってこようかなと怠惰なことを考えながら、私はミサキを呼びにいった。

「ミサキちゃん、ご飯できたけど食べる？」

テレビを見ていたミサキは、「うん！」とこちらへ駆けてきた。

「あ、忘れてた。これ、お母さんから」

ミサキはテレビの前に放ってあった包みを慌てて取りに戻ると、私に差し出した。

「なになに？　あー、イナゴだあ。うれしいなー」

包みから出てきたのはイナゴの甘露煮《かんろに》だった。それを見たミサキは「またそれか

子みたいですぐ飽きちゃう」

「嫌いじゃないけど、甘いんだもん。お母さんはそれでご飯食べるけど、なんかお菓子みたいですぐ飽きちゃう」

「じゃあハンバーグは？」

と聞くと、ミサキは「それは飽きない！」と元気よく答えた。

「よかった。ソースがうまくつくれなくて市販のデミグラスソースになっちゃったけど……よかったら食べて」

ミサキは素直にテーブルにつき、ハンバーグを食べ始めた。

「うれしいな、叔母さん覚えていてくれたんだ」

私はもらったばかりのイナゴの甘露煮のパッケージをひらいて一つつまんだ。食感と甘さが好きで、子供の頃、姉と一緒によく食べていた。ふと気づくと、ミサキがそれを見つめていた。

「ミサキちゃんも食べる？」

「ううん、いい。ねえ。育子ちゃんはさ、蝉って食べたことある？」

「え、蝉!?　ないよ、そんなの」

会社の女子トイレに響く鳴き声を思い出して思わず顔をしかめると、ミサキが吹き出した。

「育子ちゃん、知らないの？　今、蝉スナックって流行《はや》ってるんだよ。あっちにはあんまりないから、お土産にいっぱい買ってくんだー」

「蝉スナック？」

「渋谷とかで売ってるんだよ。ほんとに蝉のまんまの形してるの！　サクサクしてて、すごい美容にいいんだって、読者モデルの子とかみんな食べてるんだよ」

「へえ……」

若い子たちの間では妙なものが流行ってるんだな、と微妙な表情になった私に、ミサキが得意げに言った。

「あたしはクラスの子たちみたいに、美容なんかのために食べるわけじゃないよ。男子になんかモテてもしょうがないもん。あたしはもっと科学的な理由で食べたいんだよ」

「科学的な？」

「うん。あたし、将来、研究者になりたいんだ。昆虫はね、縄文時代には普通に食べられてたんだよ。現代は食べ物が豊富だから、一時的に食べられてないだけ。これからどんどん地球は食糧難になってくんだって。だから、未来には、虫は再び貴重な食材になってくんだよ。ね、すごいでしょ！　だから虫を美味しく食べたり、増やしたりするような研究をするんだー」

「へー、偉いねえ」

半信半疑ながらも、ちゃんと将来のことを考えているミサキに感心して頷くと、ミサキは自信満々に身を乗り出した。

「これからは絶対にそういう時代になってくよ！　テレビでもやってたもん。もしあたしの研究が大成功してお金持ちになったら、育子ちゃんと環ちゃんを海外旅行に連れて行ってあげるね」

「ありがと」

話しているうちにハンバーグを食べ終えたミサキは「洗い物、やるね！」と言って立ち上がった。慣れた手付きで皿を運ぶのを見て、まあ、それくらいはお手伝いしてもらおうかな、と私は横に並んで皿を拭く係になった。

皿を洗いながら、不意にミサキが言った。

「育子ちゃんは、『産み人』ってどう思う？」

「え？」

突然の質問に戸惑った私は、

「ああ、うん、えらいなあって思うよ。命懸けで産んでるわけだからね。そういう人のおかげで今、人口は持ち直してるわけだし、人類は滅びずに存続していくわけだし」

と学校で学んだ通りのことを言った。それを見抜いたかのように、ミサキは、「育子ちゃん、教科書みたい」とつまらなそうな顔をした。気まずくなって急いで拭いた皿を棚に戻し、

「ミサキちゃん、学校で好きな人とかいないの？」

と話題を変えた。

「いないよ、そんなの。男子なんてバカばっかだもん」

「可愛いのに、勿体ないなあ。私が5年生のころは、付属の中学の先輩に好きな人がいてさ。バレンタインチョコ渡したりとかしてたよ」

ミサキは興味がないのか、指先を流れていく泡を眺めたまま「ふーん」と答えるだけだった。

洗い物を終え、風呂の掃除をしていると、テレビを見ていたはずのミサキが脱衣所

に立っていた。

「どうしたの、ミサキちゃん。もう眠い？　お風呂、明日にする？」

「……あのさー、環ちゃん、本当は海外で翻訳の仕事なんかしてないってほんと？」

「え？」

私は一瞬の沈黙のあと、「誰が言ったの？」と尋《たず》ねた。

「お母さん。お母さん、環ちゃんはほんとは『産み人』なんじゃないかって。外国へいってるふりをして、ほんとうは病院にいるんだって」

私は笑い飛ばした。

「まさか。叔母さんも、しょうもない噂するんだから。なんなら、今からお姉ちゃんに国際電話かけてみる？」

「んー……、いい。やっぱそうだよね。でもなんか……」

「なんか？」

「お母さんって噂好きだし適当なことばっか言うから、いつもは信じないんだけど。なんか、ほら、環ちゃんって昔会ったときも、綺麗で、神秘的で、神様から選ばれた人って感じだったから。だから、環ちゃんが『産み人』だって聞いたとき、何かしっくりきちゃって。……でもやっぱ、そんなわけないよね」

「そうだよ。そんなわけないでしょ。そういうこと言う子には、お土産が少ないんだな。今度、お姉ちゃんに言っておく。イギリスから、ミサキちゃんに沢山お土産買ってきてって」

「ほんと!? じゃあ、あたし、ピンバッジがいいな。Gジャンと鞄につけるんだー。あ、ステッカーも欲しい！」

ミサキははしゃぎながらリビングへ戻って行った。私は濡れた手を握りしめて、ミサキのいなくなった脱衣所を見つめていた。

姉が「産み人」になると言ったのは、姉が17歳で、私が14歳のときだった。中学生だった私は必死に姉を止めた。

「そんなことやめなよ。これから10人も産み続けるなんて、死んじゃうよ。いくら『産み人』なんて言葉で美化したって、要は前もって拷問を受けるってことじゃない。こんなのおかしいよ。死刑のほうがよっぽどましだよ。狂ってるよ」

姉は微笑んで、細くて白い指で私の頭を優しく撫でた。

「狂ってるのは私よ。育ちゃんが一番よく知っているでしょう？」

姉はそのまま高校を休学し、「産み人」になった。

姉が最初の妊娠をして病院に入ったのは、まるで脳味噌の中を引っ掻き回されているかと思うほど煩《うるさ》く蝉が鳴いている夏の日だった。その日から私は、夏の匂いの中で蝉の声を聴くと、発狂しそうになる。


会社の近所には大きなフルーツパーラーがあり、そこではマンゴー入りのカレーやパイナップル入りのハヤシライスが食べられる。まだこの辺りに詳しくない早紀子さんを誘ってお昼に行くと、とても喜んでくれた。

「美味しいです！　私の前の派遣先、近くに食べるところがほとんどなくて。いつもお弁当だったんですよー」

「えー、お弁当のほうが身体にいいですよ！　それにこの辺、美味しいけど高い店が多くって」

「ああ、それはそうかもしれませんね」

私と早紀子さんはすっかり仲良くなっていた。会議室では10人ほどで輪になって食べるのだが、正直息苦しいので、こうして外で早紀子さんと二人でお昼を食べるほうが楽しかった。

「それにしても益田《ますだ》さん、今日ピリピリしてやりにくかったですよね」

「益田さん、最近ずっとそうですよね。瑞穂さんがいたときは、彼女のほうが社歴が長いから注意してくれたけど。だからお昼も正直、気が重くって」

私たちは同じ部の女性の愚痴を言いながら食事を楽しんだ。

「外で食べたほうが気にせず愚痴も言えるし、リフレッシュできていいですよね」

お弁当をもってどこか外で食べてもいいがそれはそれで面倒だし紫外線も気になる、と他愛もない話をしたところで、不意に早紀子さんが言った。

「瑞穂さんと、連絡とっていらっしゃいます?」

「ああ」

「産み人」になった瑞穂さんがどうしているか気になるのかと、私は頷いた。

「私は実はそんなに親しくはなかったんです。お昼は一緒だったけど、個人的に飲みに行ったりしたことはなかったし。チカちゃんは、わりとマメに連絡とってるみたいですね。順調みたいですよ。子宮の中の避妊具をとる処置をして、そろそろ1回目の排卵日みたいです」

「前にいらした部長さんも、『産み人』になられたんですよね」

「そうです。山岡《やまおか》さんといって、50代の男性だったんですけど。男性で、しかも高齢出産だと大変ですよね。人工子宮をとりつけて、帝王切開を繰り返して……正直、すぐにあきらめて会社に戻ってくると思ってましたが、まだ続いていますね」

「そうですか。男性は身体の負担も大きいのに、凄いですね。それほどまでに、どなたか殺したい方がいらっしゃるんでしょうね」

「そうですね……。女性だって、最初から身体に子宮や卵巣があるとはいえ、一人産むのだって命懸けじゃないですか。誰かを殺すって、そんなに強い想いなんですかね。私には、理解できないな……」

早紀子さんはポットの紅茶をカップに注ぎながら言った。

「そうなんですか。育子さんは、よくご存じなんじゃないかと思っていたんですけれど」

私は顔をあげた。早紀子さんはカップの中を満たしていく薄茶に光る液体を見つめている。

「どういう意味ですか？」

「身内に『産み人』がいらっしゃるから。きっと、『産み人』の感情をよくご存じなんじゃないかと思って」

息を止めて早紀子さんを見た。早紀子さんは涼しい顔で、注いだ紅茶をすすった。

「……何か勘違いをしてらっしゃるんじゃないですか？」

「そうかしら？　お姉さんが『産み人』になったのは、20年ほど前のことですよね。当時17歳だったから、今は40近くになってらっしゃいますね。女性は妊娠しづらい年頃になると人工子宮に切り替えるらしいから、そろそろその手術も考えてらっしゃるのかしら。どちらにしろ、20年間も、ただ、誰かを殺すために子供を産み続ける日々を過ごしてらっしゃることになるんですよね。そんなに強い殺意を、お姉さんは誰に抱いてらっしゃるのかしら」

「……どこからそれを？」

私は誰にも言っていない。会社にも、友人にも。姉もごく一部の親しい人間にしか伝えていないはずだ。

私の強い目線を微笑んで受け止め、「紅茶が冷めてしまいますよ？」とカップを指差したあと、早紀子さんは言った。

「そんなに怖い顔をしないでください。ただ、珍しいなあって思っただけなんですよ。普通、身内に『産み人』がいたら、自慢するでしょう？　政府からの補助金も大きいし、何より命を産み落とす存在として崇められているのだから。でも、貴方たち姉妹は、そうはしないのね」

「……どうやって調べ上げたんですか。何のために？」

「そう睨まないで、落ち着いて話を聞いてください。私は貴方たちの味方ですよ。私にはわかります。殺人を罪だと思うから、隠してらっしゃるんですよね。

本当に酷い世界になってしまったものです。殺人をエサに産ませ続けるなんて、死刑よりずっと酷い拷問よ。でも誰も何も言わない。人類が滅びないために、ヒトが子孫を残し続けるために、『産み人』などと名付けて美化して、その上で犠牲にし続ける。自分たちはのうのうと、お腹を痛めることを忘れ、快楽だけのセックスに没頭しながらね。この世界は狂ってるわ」

「……あなたは誰？」

早紀子さんはやっと、癇に障る微笑みをやめて真面目な顔になり、鞄の中から1枚の名刺を取り出した。そこには「ルドベキア会　会員　佐藤早紀子」と書かれていた。

「ルドベキア、という花の花言葉をご存じですか？　『正義』そして、『正しい選択』です。私たち人類は、今、間違った選択をしている。それは育子さんもよくわかってらっしゃるんじゃないですか？　お姉さんという犠牲者が身近にいらっしゃるのだから」

「…………」

「安心してください。私たちは、貴方たちのような方の味方です。狂ってしまった『正義』を改め、この世界を再び正しい世界にするために活動しています。今は、逆差別だ何だと煩い人たちがいるのであんまり表立った行動はしていませんが、必ずお役に立てると思います」

早紀子さんは瞬きもせず色素の薄い茶色い目で私を見据えた。夏の光を集めた銀色のスプーンが、テーブルの上で反射して早紀子さんの顔に光の穴をあけていた。

家に帰り自室に入ると、私はすぐに鞄から名刺を取り出して、何度も引き裂いて捨てた。破いた手は震え、熱があるように火照っていた。

「育子ちゃん、おかえりー」

リビングからは呑気な声が聞こえた。呼吸を整えてドアを開けると、ミサキがテーブルでカレーを食べていた。

「あ、これ？　レトルトだよ。レンジであっためたよ、火を使っちゃ駄目だって育子ちゃんが言うからさー。過保護だなあ。でもこれ、けっこう美味しいよ。育子ちゃんも食べる？」

「ううん、ごめんね、大丈夫。今日はお腹がいっぱいなの」

「食べてきたの？　なんだあ、食べるかと思っていっぱい買ってきたのに」

ミサキはカレーを口に運びながら、何かテキストのようなものを広げている。

「どうしたの、宿題？」

明るく声を張り上げて尋ねると、ミサキは肩をすくめた。

「そう。自分の分は終わったから、友達の分。１０００円でやってあげてるんだ。間違える場所とか微妙に変えながらやってるから、めんどくさいんだよー。字も変えなきゃだし」

「そんなことしていいの？」

「いいの、いいの。どうせ、皆答えのページ見ながら書いてくだけなんだから。あたしは自分で解くほうが好きだけど。かえってめんどくさいじゃん？」

「そうなんだ。ミサキちゃん、勉強できるんだね」

ミサキはスプーンをまわしながら、得意げに言った。

「だって、あたしは将来研究者になりたいんだもん。これくらい、さらさらっと解けるようじゃないと。でもさ、自由研究だけ、まだ終わってないんだー」

「そうなんだ。意外だね、研究が好きなのに」

「好きだから悩んでるんだよ。何をテーマにしようかなって。あたし、やるからには絶対に金賞になりたいんだー」

「そう」

ミサキの明るい声を聴いていると、少し気持ちが上向きになった。すると現金なもので、お腹もすいてきた。カレーをすこしもらおうかな、とキッチンへ行って、まな板の側に置いてあるビニール袋を覗き込むと、レトルトのカレーと一緒にカラフルな袋がたくさん中に入っていた。

「ミサキちゃん、これなに？　お菓子？」

「あ、それも食べていいよ！　蟬スナック。自分で食べる用と、お土産用で、いっぱい買ってきたんだー」

一つ取り出して見ると、カラフルな袋に透明の窓のようなハート形の部分があり、中にはぎっしりと蟬がつまっていた。ぞっとして、私は袋から手を離した。

「うーん……私はいいや。ね、やっぱりカレーもらってもいい？」

「うん、いいよ。あたしはスナック食べたい！　一袋投げて」

行儀が悪いとも思ったが、まあいいか、と、ダイニングテーブルでスプーンを振り回しているミサキに一袋投げた。

「ありがとー」

器用に片手で受けとめると、ミサキは袋をあけてスナックを食べ始めた。

「よく食べられるねえ、そんなの」

「育子ちゃん、イナゴは平気なのに」

「うーん、あれは昔ながらの食べ物だから……今のコたちのブームはよくわかんないわ」

「えー、でも美容にいいからって、今はＯＬさんの間でも流行り始めてるみたいだよ？　育子ちゃんが遅れてるんじゃない？　時代はどんどん変わってるんだよー」

冗談めかして言うミサキの、時代は変わってるんだよ、という言葉に、背筋が冷えた。

確かに、世界は変わった。あまりにも変わった。

目の前ではミサキが蟬スナックを口に運んでいる。蟬の細い前足が、薄い羽が、膨らんだ腹が、ミサキの口の中へと吸い込まれていく。

不意に吐き気がこみあげて、トイレに走った。むせながら便器に向かって喉からこみあげるものをぶちまけようとしたが、胃の中に何もないのか、私からは何も出て来なかった。

姉に殺人衝動があると知ったのは、私が幼稚園のころだ。姉は小学3年生で、その年齢にしてはすらりと長い手足の、大人びた容姿をしていた。

一戸建ての2階にそれぞれの部屋を与えられていた私たちだが、母が仕事でいないときはいつも一緒に過ごしていた。けれど、姉は自分の部屋に閉じこもって数時間出て来ないことが度々あった。姉が何をしているのか、私は知っていた。子供部屋には鍵がかからないので、私はいつも、少し時間がたって中の物音が収まったころに姉の部屋へそっと入り、血を流す姉の細い腕に絆創膏を貼った。

その日も、ドアを開けると、姉がいつものようにベッドの上でタオルを広げ、カッターナイフで自分の腕を傷つけていた。

私はリビングからもってきた絆創膏で、血を流している姉の真っ白な肌に手あてをした。

「ありがとう、育ちゃん。育ちゃんは本当にいい子ね」

私は綺麗な姉の肌から血が出ているのがつらかった。よく見ると、姉の腕には微かな傷のあとが何本もあった。

「お姉ちゃんは何でいつもこんなことをするの？」

「私がいけない子だからよ。罰を与えないといけないの」

「何で？　お姉ちゃんはちっとも悪い子なんかじゃないよ」

姉がこんなことをするのは自分のせいだ、と私は直感的に思っていた。

当時はまだ、殺人出産システムが始まって30年に満たないころだった。そのシステムで生まれた子供は〝センターっ子〟と呼ばれ、姉もその一人だった。仕事で忙しくて子供を産む暇がない母が役所に申請し、センターから姉をひきとったのだ。「産み人」システムが導入される前は代理母という手段もあったが、システム普及のために制限され、ほとんど行われなくなっていた。

だが母は結局、3年後に人工授精で私を出産した。

まだ、「遺伝子」やら「母性」やらが、それなりに信じられていた時代だった。表向きは分け隔てなく育てているようでも、どことなく母は姉に対して距離をおいているところがあった。私は頭や頬をよく撫でられたが、母の手が姉に触れることはほとんどなかった。

「うん、うん、そうよね、やっぱ産んだ子は特別よね。少しくらい仕事休んでも、産んだほうがいいわよお、絶対に！」

小学校に上がったばかりのころ、私は母が友達に電話で話しているのを聞いてしまった。

その頃の私は自分を贔屓《ひいき》している母に抵抗できないまま、自分のその弱さが姉を追い詰めて、苦しめているのだと感じていた。

「お姉ちゃんが死ぬくらいなら、私が死ぬ。だって私よりお姉ちゃんのほうが、ずっと綺麗で、頭もいいもの」

「そんなこと言っちゃ駄目よ。あのね、お姉ちゃんは本当に悪い子なの」

血を流している姉の腕に絆創膏を貼りながら泣きじゃくると、姉が困ったように笑った。

「ほら、見て」

姉は立ち上がり、鍵のかかった勉強机の引き出しからスケッチブックを取り出した。

中を開くとそこは、図鑑をコピーしたような、心臓や肺や血管や脳のカラー写真で埋め尽くされていた。よく見ると、その中央に、心臓に包まれて眠っているバービー人形がいる。次のページでは、白いワンピースを着た幼い女の子が、脳に囲まれて座っていた。どこを開いても似たような図像ばかりだった。カラフルな内臓の渦の中で、女の子が寝たり座ったりしている。姉は小さく笑った。

「あのね、お姉ちゃんの中には、何かとっても悪いものが棲んでいるの。血が見たくて見たくて、仕方がないの。だから自分の血で我慢しているのよ。本当は、自分ではない、だれかほかの人の血が見たいの。お姉ちゃんはね、人を殺したくてしょうがないのよ」

姉は私から取り上げるようにしてスケッチブックを閉じた。

「これ以上は見ないほうがいいわ。ね？　悪い子でしょう？」

私は姉のスケッチブックを、今まで読んだどの絵本よりも綺麗だと思った。

それから、姉の秘密は二人の秘密になった。姉の殺人衝動は、今思えばいかにも幼い少女が抱きそうな、白昼夢のように現実味のないものだった。

〝殺人〟を夢想することが唯一、姉の精神を守るライナスの毛布なのだった。

そして姉の「発作」がおきると、手首を切る代わりに、私が瓶につめてもってきた虫を殺すようになった。蟻のときもあれば、蝶のときもあった。ダンゴ虫にカマキリ、蜘蛛にミミズ。姉はゆっくりと指で押しつぶして、それらを殺した。殺すと発作は収まった。姉が自分を傷つけるより、私にとってはそっちのほうがずっとよかった。

姉より私のほうが残酷だったのかもしれない。私は虫が死ぬことを何とも思わなかったが、姉は、自分の指で潰された虫を見ながら、「ごめんね」と涙を流すのだった。

「あれ」が起きたのは姉が小5で、私が小2のころだった。

学校では姉はいつも学級委員長を務める優等生で、人気者だった。運動神経も良くて美人で、テストもいつも1番だった。センターっ子がどのクラスにも一人はいるようになり、殺人に関する価値観が大きく揺らいでいるときだった。殺人は命を産む素晴らしい行いだという新派と、殺人は絶対に悪だという旧派で、世論が真っ二つに割れて、テレビでは毎日議論されていた。

いつも虫を捕まえている私を不審に思った姉の同級生が、姉の秘密の行動を暴いたのだ。姉はいつも几帳面に虫のお墓をつくっていた。その光景を見られてしまったのだ。

「虫を殺すなんて酷い」「殺人鬼」学校中の子が、「正義」で姉を裁いた。

あのとき、「正義」というものがどれだけ残忍に姉を裁いたか、私はよく覚えている。学級裁判にあい、学校中からつるし上げられ、生徒たちの携帯には加工された姉の画像が何十枚も回覧された。母は姉と私をすぐに私立に転校させた。

その後、姉はさらに酷い殺人発作に悩まされるようになった。私は虫よりも手応えのあるカエルやトカゲを捕まえてくるようになった。姉は青白い顔で、カッターナイフで解剖をするようにそれらを切り裂いた。

姉は命を殺し続けた。そして、自分が本当に殺人を犯さないよう、必死で殺意にブレーキをかけ続けた。

姉にとって、殺すことは祈りだった。生きるための祈りだった。姉が生きたいと願うたびに、その白い手の中で小さな命が壊れた。そのことが、姉をかろうじて正気に保っていた。


翌日、会社の昼休みに早紀子からお昼に誘われたが、無視してチカちゃんに声をかけ、会議室で食べた。他の営業事務の皆は、今日は近くにある日本茶カフェでアボカド丼を食べると言っていた。

「ここにいたんですね。探しちゃいました」

コンビニの弁当を食べ終えたころに早紀子が現れたときは舌うちしたい気持ちだった。

「あ、早紀子さん！　よかったら食後のおやつだけでも、一緒にどうですかあ」

チカちゃんの誘いに、「よろこんで」と早紀子が頷いた。

「そうだ、私、珍しいもの持ってきたんですよお」

チカちゃんが鞄から取り出したのは、ミサキが食べているのと同じパッケージの、蟬スナックだった。

「これ、今、すっごい流行ってるんですよお」

早紀子は微かに顔をしかめ、「ちょっと苦手ですね」と言った。

「えー、たしかに見た目グロいですけどお、味は美味しいですよ！　それに、すっごいお肌にいいんですよー」

チカちゃんは平気な顔でスナックを食べている。早紀子は「私、虫って生理的に無理で……」とやんわり断って席に座った。

「そういえば瑞穂さん、一人目を妊娠したみたいですよお」

蟬とペットボトルのロイヤルミルクティーを交互に口に運びながら、チカちゃんが言った。

「そうなんだ。おめでたいね」

私の言葉に、早紀子がちらりと視線をよこした。

「森岡さんは、殺したい人っていますか？」

早紀子の質問に、「やだあ、チカでいいですよお」と言い、チカちゃんはスナックを咀嚼しながらしばらく宙をみて考えた。

「えーっとお。ちょっとだけの人なら、たくさんいるんですよねえ。元彼がもうすぐ浮気相手と結婚するみたいだから殺したいしい、今朝の痴漢も殺したいしい、あ、あと、この会社ならリーダーかなあ。あの人、ほんとヒステリックなお局《つぼね》って感じで、むかついてー。ミスもこっちのせいにするし。ありえなくないですかー？」

「うん、まあね」

適当に相槌をうつと、チカちゃんは新しい蝉をつまみあげて肩をすくめた。

「でも、『産み人』になってまで殺そうとは思わないですねー。命懸けだし、そんなに何年も先になっても殺したいかわからないし。殺人って、衝動じゃないですかー？それなのに、そんなに継続できないです。だから瑞穂さんみたいな『産み人』って、本当に選ばれた人なんだなー、って思いますう」

「そうかもね」

笑って見せた私を、早紀子が黙ったまま見つめていた。

「あ、なんかトイレいきたくなっちゃった……虫って、そういう効果もあるのかなあ。私、先に戻りますねー。あ、これ、よかったら食べてくださいー」

チカちゃんは蟬スナックを置いて立ち去り、じゃあ私も、と立ち上がったところで、早紀子が口を開いた。

「あの子、とっても愚かですね。育子さんもそう思いませんか？　この世界を妄信してる」

「世界を妄信してるという意味では、早紀子さんも同じじゃないですか？　過去の世界を信じきっているか、今、目の前に広がっている世界を信じきっているか、というだけで、世界を疑わずに思考停止しているという意味では変わらないと思いますけど」

「私が過去の正義を信じるのは、それが『本物の正義』だからです」

「特定の正義に洗脳されることは、狂気ですよ」

「ということは、貴方はこの世界の『間違った正しさ』に洗脳されているわけではないということですよね。そういう人を探しているんです。どうかお姉さんに会わせてくださいませんか。この世界の被害者の代表として、声をあげていただきたいんです」

　十代から子供を産み続けている姉の、6人目と7人目は続けて死産だった。死産は産み人の産む「10人」に含まれない。残念でしたね、すぐに次の人工授精の準備に取り掛かりましょう、と医者は言った。姉は血の気のない真っ白な顔で、はい、と短く返事をして宙をみつめていた。

4年前、なかなか8人目の人工授精に成功しなかった姉は、療養も兼ねて自宅に帰ってきていた。ミサキと会ったのもこの頃だ。

痩せ細った姉が、笑顔で子供と遊ぶ姿を見るのは辛かった。このまま、もう「産み人」なんて止めちゃおうよ、と何度も喉まで出かかった。

途中で止めたり死んだりしたときは、「産み人」の殺人の権利は無効になる。どちらが残酷なことなのか判断がつかずに、私は結局姉に何も言えず、しばらくすると姉はまた病院へと戻って行った。

「よく戻ってきてくださいましたね。一緒に頑張りましょうね」

病院の医者も看護師も、姉の手を摑んで何度も頷いた。

最初の反発が嘘のように、このころにはもうだいぶ「産み人」のシステムは受け入れられていた。

あれほどまでに周囲から裁かれた姉が、掌を返したように「美しいもの」「素晴らしいもの」として扱われていることが、当時の私には不気味だった。医者が涙ぐんで、「どうか頑張ってくださいね」と姉を励ましていたのも気味が悪かった。

早紀子は身を乗り出して熱心に言い募る。

「この前も、代行殺人をしようとした人がニュースになっていましたよね。代行殺人は重罪で、『産み人』も依頼者も産刑に処されて一生産まされ続けるけれど、それでも罪を犯そうとする人がいる。世界がいびつだからこんなことが起きるんですよ」

「経緯はどうであれ、一人死んでも、10人生まれるんだから、別にシステムは崩壊しませんよ。産刑になる人が増えるだけ、子供はさらに増えるし。それも政府の計算のうちなんじゃないですか」

「倫理はどうなるんですか？」

「今の人類にとっては、命を絶やさず、増やしていくことこそが倫理なんじゃないですか」

言い捨てても、早紀子は怯《ひる》まずにまだ食らいついてくる。

「私たちの世代にはまだ、殺人が罪でしかなかった頃……世界が正しかった頃の記憶があるでしょう？　でも私たちの子の世代には、その記憶はなくなる。ぞっとしますよね。だから私たちが生きているうちに、正しい世界を取り戻さないといけないんですよ」

うんざりした私は、何も答えずに会議室を出た。

手には、なぜか蟬スナックがあった。蟬は、姉とよく殺した虫の一つだ。

そのときのことを思い出しながら、スナックの袋を握り潰した。中で、ぐしゃり、と蟬の身体が壊れる音がした。


ミサキの、友達の宿題請け負いアルバイトは順調に続いていたが、自由研究の課題はまだ決まらないようだった。

土曜日、私がどこかへ連れて行こうか、と言うと、ミサキは迷わずに「渋谷」と答えた。

渋谷の109に行くと、店頭には「読モのありさちゃんお気に入り♡　セレブに大人気！　蟬スナック☆」と書かれたPOPが飾られていて、ミサキが前に買ってきたカラフルな袋が山積みになっていた。

ミサキが行きたいと言った外国小物の雑貨屋でも、蟬スナックと、「新入荷！」と書かれた蜻蛉《とんぼ》スナックなるものが並べられていた。ミサキは目を輝かせ、「これは見たことない！　すごい、モデルのアミナちゃんお勧めだって！」と言って大量に買っていた。

疲れたので近くのカフェでお茶にしようと提案しかけたとき、鞄の中の携帯が震えた。

「はい」

電話に出ると、会社の同僚だった。

「もしもし、清水さん？」

焦ったような声に、「何かあったんですか」と言うと、同僚は早口で答えた。

「チカちゃんのこと、知っていた？」

「え？」

「あの子、『産み人』に殺されたそうなの。私、全然知らなくて。今日がお葬式ですって。清水さん、いつもお昼一緒だったわよね。何か聞いてなかった？」

「いえ、私は何も……」

呆然としながら答えると、同僚は溜息をついた。

「そうなの。何も言わずに逝っちゃったのね。前もって話してくれれば盛大に送り出せたのに……」

「式は何時からですか？」

「5時から始まるみたいよ。来られる？」

「はい、行きます」

電話を切ると同時に服の裾をぐっと引かれ、振り向くと蜻蛉スナックを買い終えたミサキがこちらを見上げていた。

「何かあったの？」

「うん……ちょっとね。今から帰って、急いで出かけなきゃいけないの。ちょっと遅くなるかもしれないけれど、一人でお留守番できる？」

「あたしも行っていい？」

「え？」

ミサキは瞬きもせずこちらを見つめていた。

「会話が聞こえたよ。誰かが『産み人』に殺されたんでしょう？　あたしも式に行きたい」

「駄目よ、子供は」

「『産み人』に殺された人は、皆のために犠牲になった素晴らしい人だから、皆で送り出してあげましょうって先生が言ってたもの。あたしも行く」

私はミサキの手を振り払おうとしたが、ミサキは思いがけず強い力で私の手首を摑み、離さなかった。

「ねえ、知ってる？　あたしたちが50歳になるころには、センター一つ子が赤ん坊の半分を占めているかもしれないんだって。どんどん殺人から命が生まれる世界に変わっていくんだよ。あたしはその光景をちゃんと見たいの」

「ミサキちゃん……」

「あたし、このことを自由研究のテーマにする。ね、いいでしょう？　あたし、未来に役に立つ研究がしたい。だからそのために、ちゃんと犠牲になった人を送り出したいの。連れて行って、育子ちゃん。お願い」

ミサキに強く掴まれた手首の血管が脈打った。その眼差しから目をそらせず、私は息を止めて頷いていた。

帰宅してクローゼットを開け、奥の方にビニールをかけてしまってある真っ白なワンピースを手に取った。

この服に袖を通すのは半年ぶりくらいだろうか。だんだんと、その頻度が増していくような気がして、胸がざわつく。

「育子ちゃん！　これでいいかな？」

和室から出てきたミサキは、白いシャツに白いジーンズを穿いている。

「そうね。本当はスカートが正式なのだけれど、急なことだしいいと思うわ」

私はミサキの襟を直しながら言った。

私は白いストッキングを穿き、玄関から白いヒールを取り出して履いた。ミサキには、姉の白いスニーカーを貸した。さすがに大きかったが、中敷きを入れて、爪先にティッシュペーパーを詰めるとなんとか歩けるようになった。

家を出て、花屋に立ち寄り、それぞれ花を1輪ずつ買った。私はダリア、ミサキは桔梗《ききょう》にした。色はどちらも白だ。

私たちの服装を見た花屋の女性が、心得たという風に言った。

「『死に人』の方に捧げるんですね」

「はい。なので、包まなくていいです」

「どうぞ、お気をつけてお見送りに行ってくださいね」

花屋の女性は微笑んで何度も頷きながら、私たちに花を手渡した。

産み人に殺された人間は「死に人」と呼ばれる。普通の葬式とは違い、参列者は白い装束に身を包み、それぞれ1輪の白い花を死に人に捧げることになっている。

私たちは白い花を手に歩いた。

半年前にこの衣装を着たときの「死に人」は、以前勤めていた会社の上司だった。殺意が実を結ぶには最低でも10年を要するのだから、これまでは自ずと自分よりずっと年上の人物ばかりを見送ってきた。こんなに身近な、しかもまだ20代の女の子が死に人になるなんて想像すらしていなかった。

「産み人」は、10人目を産み終えると、すぐに役所に殺人届を提出する。翌日には、殺す相手に電報で通告が行く。

それから、「死に人」には1ヵ月の猶予が与えられる。殺されるのがどうしても嫌なら自殺をしてもよいが、通常は1ヵ月後に役所の人間がやってきて自分を連れて行く日を、身辺整理をしながらゆっくり待つことになる。

その日が来ると、連れて行かれた「死に人」は全身に麻酔をかけられて、「産み人」と二人で窓のない白い部屋に閉じ込められる。

そこから先は「産み人」の自由だ。半日後、遺体は遺族の元へと引き取られていく。

チカちゃんは梅雨があけたころには、自分が「死に人」であることを知らされていたはずだ。だがそんなそぶりは全く見せなかった。

同僚からのメールによれば、チカちゃんを殺した「産み人」は、チカちゃんの父親の元婚約者だという。二股をかけたあげく婚約破棄をして、お腹に赤ちゃんができた女性と結婚したチカちゃんのお父さんは酷く恨まれ、その憎悪はお腹の赤ん坊へと向かった。それがチカちゃんだったのだ。

チカちゃんが26歳になるまでの間、その女性は殺意だけを原動力に子供を産み続けていたのだ。

葬儀場へ行くと、棺桶の中にチカちゃんの白い骨が横たわっていた。

「産み人」と二人きりにさせられ、半日後に出てくる死に人の遺体は、誰だか判別できないくらいに損傷している場合が大半だという。そのため、焼いて骨にしてから葬式を行うのだ。

私たちはそれぞれ手にしている白い花を茎からもぎ取り、棺桶の中へと入れていった。白い骨が少しずつ、真っ白な花たちに埋もれていく。

私の指先から離れたダリアの花は、チカちゃんの頭蓋骨の中へと沈んでいった。チカちゃんは小柄なのに、骨は奇妙に大きかった。ミサキも、桔梗の花をもぎ取って、棺桶に入れた。その花は、胸骨にひっかかって、チカちゃんの胸元でぱっと咲いたようになった。

「ありがとうございます」

横に立っているチカちゃんの遺族に頭を下げた。私たちの代わりに死んでくれてありがとうございます。そういう意味をこめて、参列者は「死に人」の遺族にお礼を言うことになっている。

「どういたしまして」

チカちゃんの母親は涙ぐんで、それでも誇らしげに私の手を握った。その拍子に、手の中でダリアの茎が折れた。

人で溢れる葬儀場の外に出ると、そこには白いスーツ姿の早紀子がいた。

早紀子はこちらに気が付き、頭を下げた。私はミサキの手を強く握り、会釈をして通り過ぎようとした。

その時、後ろで拍手が聞こえた。どうやら、チカちゃんの勇気ある死をたたえて、酒の廻った会社の上司たちが拍手を送っているようだった。

「聞こえますか？　あの音。あれが発狂の音ですよ」

早紀子が呟いた。

「その子は？」

「従妹です」

ミサキに視線をやった早紀子に告げると、「こんな残酷な場所に連れてきてはいけないわ」とだけ言い、彼女は視線を、煌々と明かりがついた葬儀場へと戻した。光を反射して、その濡れた両目が動物のように光っていた。

「それじゃあ」

私は頭を下げて、速足でその場を離れた。

「さっきの人、だれ？」

「会社の人よ」

「ふうん。なんか、変な人。なんで、あんなに怖い顔してるんだろう。命が生まれるために犠牲になってくれた素晴らしい人を送り出す場所なのに」

ミサキはそう言うと、手に残っていた茎を大切に白いジーンズのポケットに仕舞った。

「育子ちゃん、連れてきてくれてありがとう。綺麗な骨だったなあ。あたし、帰ったらすぐに自由研究を始めるね。『死に人』の犠牲を無駄にしないように、今よりもっとたくさん『産み人』がいる素晴らしい世の中にするんだ」

ミサキは真っ直ぐに世界を信じている。この「正しい」世界の中で呼吸をし、生きて、未来へと命を運んでいく。そのことにぞくりと身体が冷えて、私は自分の肩と腕を掌でこすりながら歩いたが、鳥肌がたったまま消えることはなかった。

自由研究のテーマが決まり、ミサキは東京観光への興味をまるでなくしたように、熱心に研究に取り組んでいた。

「ねえ知ってる？　政府は、なるべく早くに10人に一人が『産み人』になるのを目標にしているんだって。そうしたら、『産み人』だけで人口を保っていくことだって夢じゃないんだよ！」

「そうだね」

「自分で子供を産む人はますます減ってきてるし、『産み人』は圧倒的に不足しているんだよ。だから、あたしはもっと『産み人』が増えるような研究をするんだ。社会学者を目指すの」

「虫の研究はもういいの？」

「あれはもういい。テーマが古いし、飽きちゃったもん。生命が生まれていく世界を司る研究のほうが、ずっと刺激的だし、面白いよ！」

とにかくデータをとって研究するんだというミサキは地元の友達や東京の友達に電話をかけまくっていた。

「クラスの女子、15人のうち8人が、今までに殺意を持ったことがあるって。この年齢で、半分以上の子が殺意を持ってるんだよ。この本にはこんなことが書いてあるよ。人が生まれて初めて殺意を抱くタイミングって、人生に4回あるんだって。1回目は男の子の場合は小学校低学年のころ、女の子の場合は第二次性徴のころで、小学4年生から5年生くらいのとき。2回目は男女ともに14歳から18歳のころ。思春期の不安定さが殺意につながる場合が多い。3回目は社会人になってからで、ともに24歳のころ。女性は恋愛、男性は仕事が原因であることが多い。4回目は、女性は30歳、男性は34歳。このときの対象は、結婚相手や姑などの家族や、会社の部下や上司など多岐にわたる。一度何かをきっかけに誰かに殺意を抱いた人間は、それからも他の人間に殺意を持つ可能性がとても高い。誰にも殺意を抱かずに死ぬ人の割合は5パーセント。ほとんどの人間が、生きているうちに一度は誰かに殺意を抱く」

ミサキは『殺意と殺人　「産み人」ができるまで』と題名が書かれた分厚い本を開いて読み上げた。

「私はね、もっと10代の『産み人』が増えたほうがいいって思うんだ。だってそれが社会のためだし、若いほうが身体だって丈夫だもん。50歳を超えて『産み人』になった人は、産み終えることができずに死んでしまう場合もすごく多いんだって。自由研究でも、そう書こうって思ってるんだ」

「そうなの。頑張ってね」

ミサキは今日も早朝から自由研究に没頭していた。近くの図書館の貸出カードまで作り、熱心に分厚い本を読んだり書き写したりしていた。

「疲れたでしょ。ご飯にしない？」

私はミサキが本とルーズリーフを広げているテーブルに冷たい麦茶を置いた。

「うーん、でも、もうあとちょっと！」

「頑張るなあ。今日はミサキちゃんの好きなシチューだよ。食べたくなったら言ってね、温めるから」

「ありがとう、育子ちゃん」

ミサキの「研究」にまだ時間がかかりそうなので、昨日の残りのミネストローネを飲んで空腹を紛らわせていると、ミサキが不意に顔をあげた。

「ねえ、育子ちゃん。何とか、『産み人』本人にインタビューってできないかなあ。できれば10代で『産み人』になった人がいいの。育子ちゃんの知り合いにいない？」

「うーん、会社の上司と、同僚が『産み人』になったけれど、二人とも30歳を超えてからだからなあ。それに、病院に入っちゃうと連絡もとりにくくて」

本当は、元上司の山岡さんのほうは亡くなったのだと、昨日のチカちゃんの葬式の際に聞いた。人工子宮は身体に負担がかかるので、男性の死亡率は高い。10人産んで「死に人」を指名する前に死んだ場合は殺人の権利は無効になるので、山岡さんが結局誰を殺したかったのか、誰にもわからないままだった。

「そっかあ。私の学校でも、この前、隣のクラスの先生が『産み人』になったんだ。先生に頼もうかなあ」

「いいんじゃやない？　先生なら、きっと自由研究にも協力してくれるよ」

熱心にレポートを書いているミサキの横で、麦茶の氷が解けてしまっていた。私はミサキの邪魔をしないようにコップをキッチンに持っていき、新しく氷と麦茶を入れ直して再びミサキの側に置いた。

食事までにはまだ時間がかかりそうだな、と思いながら、私は台所にある洗い物を先に片付けようと、水道の蛇口をひねった。流れる水に手を差し込むと、透明の水が肌の上で跳ねて、光の粒がシンクの中を飛び散った。

私の中に殺意が宿ったのは、姉が「産み人」になって3年ほどたったときだった。

私は17歳で、相手は高校の教師だった。初恋よりも鮮明にその日のことを憶えている。

教師は福井といった。眼鏡をかけて太っていて、女子生徒にセクハラをするという噂があり、皆から嫌われていた。

私がターゲットになったのは、2学期の終業式のあとに行われた大掃除のときだった。人気のない、理科の準備室を整頓していた私は、脚立に登ろうとした瞬間、突然後ろから抱きしめられた。

驚いて声も出せずにいると、「危ないよ、僕が支えていてあげるから」と福井の声がした。「大丈夫です」と急いで答えたが、福井の腕の力は緩まなかった。

福井の指がウエストから撫でるように胸元へ上がってきたとき、私は咄嗟に突き飛ばして「やめてください！」と叫んだ。怯んだ福井の顔をみると勇気が出て、脚立の上から彼を見下ろし、「学年主任の先生に言いつけますよ」と強い口調で言ってそのまま走って帰った。それから触られることはなくなったが、あからさまな嫌がらせをされるようになった。日直の仕事ができていないといって、一人で校庭を走らされたこともあった。わざと難しい問題を指名して、解けない私を授業が終わるまで立たせたこともあった。

「どうした育子、なんか福井に目、つけられてない？」

友達は「でもセクハラされるよりマシだよねー」と笑っていたので、自分が触られたということを口にできなかった。

抗議しようとすると、「何だ、あんまり反抗的な態度だと内申点を落とすぞ」と冗談めかして言われた。ただの軽口とはとても思えず、目の前が暗くなった。母は学業に厳しい人だった。賢かった姉が「産み人」になってからは、母の期待は全て私に集中していて、私は母の目指すレベルの大学に入ろうと必死だった。

ストレスで胃をやられ、何も食べられなくなった。昼食はオレンジジュースしか飲めなかったが、それもトイレで嘔吐した。

子供だった私は単純で、逃げられない場所から逃げる方法は一つしか思いつかなかった。死だった。死の世界に逃げよう、と、その日も、叱られてグラウンドを走らされたあと、私はふらついた足で学校の屋上へあがった。

靴を脱いで、フェンスによじのぼろうとしたとき、グラウンドから風が舞い上がって、私の身体がぐらりとゆれた。ふわっと宙に飲み込まれそうになったとき、死にたくない、という強い気持ちが頭の中で点滅して強くフェンスにしがみついた。その瞬間、それは急に起こった。

殺そう。殺せばいいんだ。

この時、私の世界が逆転した。被害者だった私が加害者になり得るという理解は、衝撃だったし、新鮮だった。何より、殺せばいいんだ、という発想は私を救った。それを空想していると呼吸ができるようになったし、吐き気もおさまった。福井を殺そう。そうすれば私は生きられる。白昼夢のように、私はいつも福井を殺すことを考えるようになった。

闇の中で、一本の道が殺意という光によって照らされた。壊れかけていた私の命が、殺意によって、辛うじて未来へと進み始めた。

殺意に押し流されるように生きる日々が始まった。姉も、こんな風に殺人という光に道を照らされて「産み人」になったのだろうか、とぼんやり思った。「産み人」になって福井を殺そうかとも考えた。

だが、実際には殺さないまま私は高校を卒業し大学生になり、会わなくなれば殺意は消えた。これで自分と殺意との関係は終わったのだと思った。けれど、それは違っていた。

それから「殺意」という光は、私の人生の危機に不意に現れるようになった。

二人目は、大学のころ始めたアルバイト先の、ファミリーレストランの女性マネージャーだった。気に入らないバイトがいると、防犯カメラのないバックルームの奥までバイトを呼び出して、マニュアルのファイルで頭を叩きながら説教をした。辞めようとすると人手不足なのに何を言っているんだと、強引に引き止め、出てこなくなった子にもしつこく携帯や家に電話をかける。私は家の電話を母がとることを考えると簡単にやめることもできず、ただ耐えていた。

マネージャーを殺すことをイメージし殺意で自分を励ましているうちに、やがてマネージャーは異動して、私は殺人を犯さずに済んだ。

今の上司は5人目だ。当然のことながら、すでに私は殺意に慣れている。上司を殺すために、「産み人」にまでなろうとは思わない。本当の殺意とは結局のところ何だろうと思う。

先週、ついに姉の10人目の子供が出産間近だというメールがあった。

10人目を産んだとき、姉は誰を殺すのだろうか。母かもしれないし、私かもしれない。わかるのは、その死のために10もの命が生まれたということだけだった。

会社の昼休み、私たちは駅前にあるチェーンのコーヒーショップまで来て、お昼ご飯を食べていた。

「チカちゃんの式、よかったよね」

スタバの今月の新商品だという蟬ドッグを食べながら、同期の女の子が言った。

「うん、チカの骨、綺麗だった」

「真っ白な花が、ウェディングドレスみたいだったよね。私、感動しちゃった」

「私もー。花嫁より純潔な存在だよね、『死に人』って」

蜻蛉スナックをつまみながら、1歳年上の先輩が頷く。

テーブルの上には定番の蟬スナックにカラフルな蝶の羽のチョコレートがけ、酸味が強い蟻のサラダが並べられ、皆甘いコーヒーを飲みながら、指をのばして、グロスの塗られた唇へ乾いた虫を運んでいた。

「なんか、チカちゃんみたいに歳が近い人が『死に人』になると、考えちゃうなあ」

「だよねー。もし自分に急に電報がきたらどうするかなって、いっつも考えながら生きてる」

「生きていることが尊く感じられるよね。死の可能性がそばにあることが、生きていることの素晴らしさをますます強く伝えてくるっていうか」

「わかる、わかる。ねえ、知ってる？ 『産み人』システムが導入された国は、自殺が物凄く減るんだってー」

「あ、わかる気がするー。いつ死ぬかわからないもんね。生きてることが本当に有難く思えるし、自分で死のうなんていう気もなくなるよね」

一人だけ何も食べていないので、私はアイスカフェオレを飲み終わると手持ち無沙汰になり、トレイの上のペーパーを弄んだ。そこには来週発売の新商品、蟬クリームキャラメル・ラテの写真が載っていた。生クリームの上に蟬の破片が散らばっている。

いつの間にか、話題は命が大事だという話から人工授精の話に変わっていた。

「今は人工子宮つければいつでも産めるからねー。50歳超えてからでいいかなあ、子供はー」

「でも、子供の成人、若いうちに見届けたいじゃないですかー。仕事忙しいなら、センターから少し大きめの子をもらえばよくないですかあ？」

「だめだめ、センターの子は人気だから、まだ離乳食も食べられないような子しかいないよ」

「早紀子さんって、仕事バリバリって感じじゃないですかー。人工授精、考えてます？　それとも、センターっ子もらいますー？」

話をふられた早紀子は、蟻の載ったサラダをフォークで刺しながら微笑んだ。

「私は、人工授精じゃなくてちゃんとセックスして子供を産みたいんです」

「えっ？」

意味がわからなかったようで、新人の女の子が目を瞬《しばた》かせる。

言い聞かせるように、ゆっくりと早紀子は繰り返した。

「人工授精とか、センターとか、そういう不自然な方法ではなく、ちゃんと正しく恋愛をして、子供を産みたいんです」

皆、恋愛とセックスという言葉と子供を産む行為が咄嗟に結びつかず、顔を見合わせている。眼鏡の女の子が恐る恐る聞いた。

「えっと……それって、早紀子さん、避妊処理をしてないってことですか？」

「えっ、誰だって、初潮がきたとき親がやらせるでしょ？」

同期の女の子が慌てて言い、早紀子も笑った。

「ちゃんと、思春期のころに子宮に避妊処理はしてますよ。産みたくなったら、それをとって、その上で好きな人とセックスして産もうって思ってるんです」

「へえー、すごい。初めて会いました、そういう人」

後輩の子が感嘆の声をあげた。

「珍しいですねえ。あ、でも、海外セレブでいました、そういう人。自然妊娠？っていうんですか？　人工授精をあえてしないってことで、すごい話題になってたみたいですよー」

「じゃあ時代の最先端かも。そういうの、流行るときがくるかもしれないですね。ほら、今、ナチュラル志向じゃないですかー。昆虫食もそうだし。恋愛相手とセックスして子供つくる人が激増したりして！」

「えー、恋愛のセックスと妊娠のための人工授精って、別モノじゃないですかー？あ、別に早紀子さんがおかしいとかそういうわけじゃないんですけど……」

皆は気を遣うように言葉を選びながら顔を見合わせ、誰かが空気を変えるように急いで話題をそらし、後輩の女の子に最近できたという年下の彼氏の話へと移していった。笑い声が起こり、私の目の前に、早紀子の卑屈な愛想笑いがぽっかりと残された。

その表情が、「産み人」になったばかりの姉の姿に重なった。

俯いて蟻の載ったサラダを口に運び始めた早紀子に、私は呟くように告げた。

「……早紀子さん。例の件、いいですよ」

「え？」

早紀子がぱっと顔をあげた。私は皆に聞こえないように声をひそめた。

「姉に会いたいんでしょう？　いいですよ。今週末で大丈夫ですか？」

拍子抜けしたような表情で瞬きしている早紀子の脇から明るい声がした。

「あ、何ですか、こっそりー。何かの相談ですか？」

その屈託ない喋り方がチカちゃんの声に聞こえて思わず息を止めたが、早紀子の横で笑っているのは、今週からチカちゃんのかわりにこちらの部署に異動してきたショートカットの女の子だった。

「早紀子さんと育子さんって仲良いですねえ」

「そうそう、たまに二人だけでご飯行っちゃうしね」

「私、あそこのフルーツパーラーのマンゴーカレー好きなんですよ。一人で食べるのも何だから早紀子さんを強引に誘っちゃって」

「ああ、あれね。美味しいよね」

同僚の女性が蟬をつまみながら笑う。隣ではチカちゃんと隣の席だった女の子が蜻蛉の羽を千切りながらアイスカフェモカを飲んでいる。

チカちゃんは死んだ。残された者たちは、笑いながら虫を食べている。

「あれ、育子さん、何も食べてないいんじゃないですか？　サンドイッチ、ちょっと量が多いんですけど半分いります？」

　後輩の女の子からスズメバチが挟まったサンドイッチを差し出され、「うーん、今日は何だか食欲がなくて」と断った。

「ダイエットですかあ？」

「そういうわけじゃないけど。夏バテかなあ」

　私は空っぽになったアイスカフェオレのストローを噛んで笑った。

　そして話題は事務のリーダーが上司と不倫をしているんじゃないかという話に移り変わり、リーダーの隣の席の女の子が、二人で銀座にいるのを見かけたと暴露して盛り上がっていた。

「……育子さん、本当に、お姉さんのところへ連れて行ってくださるんですね？」

「ええ。では日曜日に。でも、ご期待に添うことができるかどうかはわかりませんよ。会わないほうがいいと私は思います」

「いえ、いえ！　お姉さんのような、苦しめられている『産み人』の方にお会いできるということが重要なんです。大丈夫ですよ、私たちが必ずお救いしますから！」

　早紀子は嬉しそうに言い、コーヒーを飲みながら、蝉の入ったベーグルを口に運んだ。

早紀子の形の良い歯が、蝉の身体を噛み砕いていく。以前、あんなに拒否反応を示していたのが嘘のように、彼女の口に蝉の欠片《かけら》が吸い込まれる。私はそれをぼんやり見つめながら、口元のストローを齧った。

コーヒーショップから会社のあるビルまでは少し距離があるので、急いで会社へ戻ってからいつもの通りトイレで日焼け止めを塗り直していた私は、席につくのがぎりぎりになった。それを見つけた上司の益山が目ざとく私を会議室へ呼び出した。

またか、と溜息をついて会議室へ行く。普通、営業部長は事務の仕事にまで口を出さないし、今までもそんな人を見たことはないが、益山は違うのだ。皆に不審に思われない頻度で呼び出しては、私を罵る。

前にも同様の目にあって辞めた女の子がいると、リーダーからこっそり聞かされていた。

益山は光る革靴で床を鳴らしながら言った。

「あのさあ、清水さん、最近たるんでるんじゃない？　リーダーから何度も苦情もらってるんだよね。俺もさあ、事務にまで口出す時間はないんだよ」

「はい」

これが始まると長いので、私は心の機能をなるたけ停止して、機械的に頷き続ける。

リーダーも益山のパワハラを受けた経験があるらしいので、苦情など言うはずがない。益山にはターゲットを決めていびる癖があった。

時間がぎりぎりになっただけで決して遅れたわけではない。でも、他にももっと遅れた人はたくさんいると反論したところで、話が長くなるだけだ。

益山は足を鳴らして威圧し、説教ともストレス発散ともつかない嫌味を言い続け、ファイルや資料で頭をしつこく小突き、誰もいない会議室でホワイトボードや机を強く殴って威嚇する。たいしたことではない。けれど、それが数ヵ月も続くと、だんだんと消耗してくる。

「ったくさあ、化粧なんか直して何になるんだよ。あのさー、清水さんの時間は何度も言うように、会社がお金で買ってるわけ。清水さんが席にいなかったその5分に、会社がどれだけの損失を被っているか、計算できる？　できないんだよね。だからやるんだよねー」

「申し訳ありません」

私は深々と頭を下げた。

「清水さんみたいな人って、会社をなめてるんだよなあ。やる気が感じられないんだよ。俺はさあ、営業だけじゃなく事務の子にも、もっと頑張ってほしいわけ。『やるぞ、勝つぞ！』って思いながら、例えばリーダーを蹴落とすような気持ちで働いてほしいわけ。そういうのが全然感じられないんだよなー」

「はあ」

「気概が足りないんだよね。いい？　例えば俺がさ、今、ここで清水さんのことを罵るとするじゃん？　あ、冗談だよ？　冗談だけどセクハラみたいなことまで言ってけなすとするじゃん？　清水さんはあんまり色気がないとか、足が太いとかさー。あ、もちろん本気にとらないでよ。例えばね、例えば。マジで言ってたらセクハラだもんね？　冗談と本気の区別くらいできるでしょ？」

「はい」

「そういう時、怒れる人になって欲しいんだよなあ、俺は。ねえわかる？　俺の言ってる意味、わかる？　聞き流そうとしてるだろ？　それじゃ駄目なんだって、何度言ったらわかってくれるのかなあ」

私は「産み人」になって辞めていった前の部長には評価されていたし、自分の勤務態度にさほど問題があるとは思わない。でもそれは口にせず、はい、はい、とただ頭を下げ続けた。

殺したいなあ、とぼんやり思う。

益山は自己愛の権化のような男で、私が殺したい典型的なタイプだった。私が殺したくなる人は、口では説教を言い、手と足は機嫌よさそうにぱたぱたと動かすのだ。福井も、アルバイト先のマネージャーもそうだった。

目の前の益山の手も、手に持った資料を嬉しそうに叩いて音を立てている。次はこれでお前を叩くぞ、という威嚇だ。

こうして人を虐げている自分が好きなのだ。暇を見つけると人を圧迫して、自分の自尊心を満足させようとしている。

辞めればいいのかもしれないが、益山のターゲットはどんどん変わっていくし、異動だってある。再就職が難しいこのご時世で、人生を狂わされるのも癪《しゃく》だった。

だから耐える。耐えている間は、殺人が私の命の光になる。

「産み人」になって殺すという手段が私にはある。すぐに殺して産刑になってもいい。私にはその自由があるのだ。そう空想するだけで、自分が慰められる。

「聞ーいーてーるーかー？」

厭味ったらしく一音ずつ伸ばしながら、手に持っている資料で私の頭と頬をリズミカルに叩き始めた。その手首には血管が浮き出ている。

私はふっと笑いそうになる。私たちはいつでも、手を伸ばして目の前の命を奪うことができる。殺人出産システムなんかができるずっと前から。

私たちは死のそばで暮らしている。「産み人」の存在で、そのことが鮮明になっただけなのだ。

頭の中で益山を撲殺していると、気持ちが晴れた。そうしているうちに長い説教が終わり、私は解放された。

席に戻ると、一人事情を知っているリーダーが心配そうにこちらを見ていた。私は安心させるように、微笑んでみせた。

大丈夫ですよ。だって、私たちには殺人があるのだから。

日曜は晴れていた。私は簡単に身支度を済ませ、家を出た。

マンションの階段を降りていると、階下にミサキが立っていた。思いつめた顔で階段の手すりを摑んでいる。

「ミサキちゃん……今日はこっちのお友達と秋葉原に行くんじゃなかったの？」

「今日、環ちゃんの病院へ行くんでしょう？　お願い、あたしも連れて行って」

目を見開くと、ミサキはばつが悪そうに俯いた。

「悪いと思ったんだけど……育子ちゃんが電話で話してるの、聞いちゃったの。今日、環ちゃんに会いに行くって……。ねえ、やっぱり環ちゃんは本当は『産み人』なんでしょう？　お願い、あたしも連れて行って。誰にも言わない。お母さんにも言わないから。環ちゃんに会いたいの、育子ちゃん、ねえ、お願い」

私は溜息をついて、「わかったわ」と言った。

「ほんと……⁉　ありがとう、育子ちゃん」

ミサキは階段を駆けあがってきて、まるで蝶々でも捕らえるかのように、両手で私の手を摑んだ。

「そんなことしなくても、逃げないわよ」

思わず笑ったが、ミサキは体温の高い手で私の手を強く握りながら言った。

「そうじゃないけど……ちょっと怖いの。環ちゃんが、あたしの知らないところでずっと、命を世界に送り続けてたんだなって。ね、こうしててもいいでしょ？」

不安げなミサキの表情に、私は頷き、小さな熱い手を握り返した。

待ち合わせ場所の馬喰横山《ばくろよこやま》の駅で待っていた早紀子は、私が連れているミサキを見て怪訝な顔をした。

「従妹です」

「それはわかっています。チカちゃんの葬儀の時にもいましたよね。なぜここに？」

「姉とは小さい時に会ったことがあって、どうしてもってねだられてしまったんです。大丈夫ですよ。しっかりした子ですから」

「……まあ、連れてきてしまったものは、仕方がないと思いますけれど……」

しぶしぶ納得した様子で頷いた早紀子に、「では、行きましょう」と声をかけ、私たちは電車に乗り込んだ。


姉がいる病院は、千葉県の奥地にある。今は都内にも「産み人」を受け入れる病院が増えたが、姉が目立つことを嫌ったのと静かな環境を望んだので、自然の多いこの病院を選んだ。

早紀子と待ち合わせた駅からさらに40分ほど電車に乗ると、窓の外にみるみる緑が増えていき、見慣れた灰色の街から緑色の世界へ引き摺りこまれていくような気持ちになる。目的の駅で降りると、駅の目の前に真っ白い大きな建物がある。この街は樹木が多いせいか、蟬の声も一段と激しい。世界が音にまみれていて、自然と私たちは言葉少なになった。

「ここです」

私はそれだけ告げて、電車の中でもずっと手をつないでいたミサキを連れて、先に病院へ入った。

「特別出産棟ですね。身分証をお見せください」

受付で告げられ、免許証を見せ、同行人としてミサキと早紀子の住所と名前を記入すると、バッジをもらって奥へと案内された。

「厳重なんですね」

「『産み人』専用の病棟ですからね。関係者以外は入れないようになっています」

一番奥にあるエレベーターに乗るころには、緊張しているのか、ミサキの掌が汗ばんでいた。

「大丈夫？　疲れてない？」

「うん、平気」

ミサキはそれでも緊張した面持ちで、階数があがっていくのをじっと見ていた。

姉の病室は9階にある。「産み人」の病室は全て個室だ。私は廊下を進み、一番奥にある個室へ入った。

「お姉ちゃん、来たよ」

声をかけると、「育ちゃん？」と、カーテンの中から声がした。

「うん。今日はお客さんも来てるよ。従妹のミサキちゃん、わかる？」

白いカーテンの中から、「覚えてるわ。小さいころ、一緒に遊んだわね。懐かしい」と姉の優しい声がした。

「開けていい？」

「ええ。今日は気分が良くて、少し眠っていたの」

カーテンを開くと、白いシーツに包まれて、姉が横たわっていた。

その腹は大きく膨れている。

私の横で、ミサキがひゅっと息を呑む音がした。

頬と首に絡みつく乱れた黒髪を指で整えながら、姉が起き上がった。

「その方は？」

「こちらは会社の友達。どうしてもお姉ちゃんに会いたい、って言うから連れてきたの」

「そう」

　頷く姉に、

「突然すみません。初めまして、佐藤早紀子です。育子さんには会社でいつもお世話になっております」

　と、早紀子が深々と頭を下げた。

　ミサキは、大きく膨れた姉の腹を目を見開いて見つめていた。

「……この中に赤ちゃんがいるの？」

「そうよ。すごく元気がいい子でね、今日も朝から動いてるわ」

「触ってもいい？」

「ええ、もちろんよ」

　ミサキは小さな手を伸ばして、そっと姉のお腹に触れた。

「わあ……この中で、赤ちゃんが動くの？」

「そうよ。さっきまで足の形がわかるくらい蹴ってたんだけど、急に静かになったわね。知らない人が来て、緊張してるのかな。でも、すぐに動くわよ」

「男の子か女の子かわかる？」

「女の子よ。だから、ミサキちゃんの妹になるわね。ミサキちゃんもセンターっ子だものね。『産み人』の子供は皆きょうだいよ」

ミサキが嬉しそうに、もう片方の手もお腹にぴったりとくっつけて撫でた。

「あたしもこの子も、殺人から生まれた子供だもんね。あっ、動いた！　あたしがお姉ちゃんだってわかるのかな」

険しい表情でその光景を見ていた早紀子が一歩進み出た。

「お話し中ごめんなさい。実は私、こういうものなんです」

夢中でお腹を撫でているミサキに微笑みかけていた姉が、顔をあげて早紀子の名刺を受け取った。

「ルドベキア会？　変わったお名前ね。でも、好きな花です」

「私は貴方を救うために来たんです。『産み人』として20年も、この世界の犠牲になってきて、お辛かったことと思います。また、私たちも貴方の力をお借りしたいんです。貴方のような方の生の声を世間に知ってもらうことで、この世界を、再び正しい方向へ導けると思うんです」

姉は首をかしげた。

「ごめんなさい、突然すぎて、ちょっと仰る意味がよくわからないのですが」

「この人、何を言ってるの？」

ミサキが姉のお腹から手を離し、私と早紀子の顔を交互に見た。

「ミサキちゃん、このお花をあそこの花瓶に活けてきてくれる？　廊下を真っ直ぐ行くと給湯室があるから、そこのお水を使ってちょうだい。この人は、お姉ちゃんに大切な話があるんだって」

「……はあい」

ミサキは不満げだったが、素直に私の差し出した花束と花瓶を持って廊下へと出て行った。

「何か、私にお話があるのですか？」

お腹を撫でながら、姉が言った。

「率直にお尋ねします。貴方は、今の世界をどうお考えになりますか？　世界がこんな風になってしまった犠牲者の一人として、正直にお話しになってほしいんです」

「犠牲者、ですか……」

姉は小さく笑い、「1輪落ちているわ」と、ミサキが落としていったらしいダリアの花を、ベッドから手を伸ばして拾い上げた。

「綺麗ですね。私、ダリアって、一番好きな花なんです」

「このことは他言しません。どうか、率直なお気持ちをお聞かせください」

姉はダリアの花を見つめながら言った。

「そうですね……。私は、この世界が『正しい世界』になってくれて本当に良かった、と思っています」

「…………」

早紀子が唇を引き締めて姉を見たが、姉はダリアの花を撫でながら続けた。

「私たちの世代がまだ子供のころ、私たちは間違った世界の中で暮らしていましたよね。殺人は悪とされていた。殺意を持つことすら、狂気のように、ヒステリックに扱われていた。昔の私は、自分のことを責めてばかりいました。何度命を絶とうとしたか知れません。でも、世界が正しくなって、私は『産み人』になり、私の殺意は世界に命を生みだす養分になった。そのことを本当に幸福に思っています」

「こんな残酷な世界がですか。何人もの『産み人』が、出産に耐えきれずに死んでいるんですよ。突然死を宣告される『死に人』や、その遺族の悲しみを想像したことがおありですか」

「突然殺人が起きるという意味では、世界は昔から変わっていませんよ。より合理的になっただけです。世界はいつも残酷です。残酷さの形が変わったというだけです。私にとっては優しい世界になった。誰かにとっては残酷な世界になった。それだけです」

早紀子が口を開いて何か言いかけたところで、ミサキが戻ってきた。

「はい、育子ちゃん！　このお花、すごーくいい香り」

「それは百合ね。ダリアと百合、私が大好きな花を持ってきてくれたのね。ありがとう、育ちゃん」

小さな手から受け取った花瓶を窓際に飾りながら「ミサキちゃんと一緒に選んだの」と言うと、姉はミサキの頭を白く細い指で撫でた。

「ありがとう、ミサキちゃん。これはお礼よ」

姉は手に持っていたダリアの花を、ミサキの短い髪につけた。ミサキの黒髪に、淡い桃色がぱっと映える。

「良く似合うわ」

「こんな可愛いの、ちょっと恥ずかしいな。でもありがとう、環ちゃん」

ミサキは照れくさそうに、自分の耳の上の柔らかい花にそっと触れた。

「お姉ちゃん、胸は平気？」

先程から時折苦しそうな顔をしているのが心配で声をかけると、姉は頷いた。

「ごめんなさい、お願いしてもいいかしら。冷やして止めようとしているんだけれど、止まらなくて」

「うん、わかった」

姉は乳が出やすい体質らしく、しばしば母乳が止まらなくなる。流産の原因にもなるので止めたいのだが断乳がうまくいかず、冷やしたり、あまり痛むようなら少しだけ搾乳したりしてやり過ごしていた。

私はガーゼを用意し、姉の胸から乳を出した。誰に飲まれるわけでもない乳が流れていく。いくら人工子宮が発達してもこれだけは男性にはない、女性だけの苦労だった。

コップに少しだけ乳白色の液体を出していると、その様子を見ていたミサキが感嘆の声をあげた。

「すごい……環ちゃんの身体って、本当に不思議……命を産むために生まれてきたみたい」

姉は少し恥ずかしそうに、「私が特別なわけじゃないわよ。どの人の身体も、そういう風にできているのよ。女の子はね」と言った。

「あたしも？」

「そうよ」

「じゃあ、あたしも『産み人』になれるかなあ？」

ミサキの言葉を遮るように、背後から鋭い声がした。

「貴方は間違っているわ」

振り向くと、早紀子が真っ直ぐに姉を見つめていた。

「そんな子供に、余計なことを教えるのはよくないわ。その子は正しい未来に進んでいくべきよ。その権利があるわ」

一呼吸ついて、早紀子は苦しげに掠れた声を出した。

「こんな世界は狂っています。お願いです。思い出してください。貴方が幼かった、まだかろうじて正義が機能していたころの世界を……どうか目を覚ましてください」

姉はミサキの髪を細長い指で梳《す》きながら、早紀子に視線をやって目を細めた。

「かわいそうに。この世界の『被害者』はあなたたなのね」

姉は花瓶に手を伸ばし、紫色の百合の花を1輪抜き取り、早紀子に渡した。

「でも大丈夫よ。きっとあなたも、この正しい世界に救われて、その苦しみから解放される時がくるわ。きっとね」

私と早紀子は病室を出て、外にある小さな中庭のベンチに座った。姉の病室がある9階は最上階で、一番奥のドアを出るとそこには、小さな中庭が設置されている。「産み人」は何年も病室で過ごすことになるので、少しでも息抜きできるようにと造られたものだという。

庭といっても煉瓦が敷き詰められた狭い空間に小さな花壇があるだけだ。姉はかえって息苦しくなるといってあまり出ないが、私はたまにお見舞いの合間に、ここでぼんやり空を見ることがあった。

研究のためにもっと環ちゃんの話が聞きたい、と駄々をこねるミサキのために部屋を出てきたのだ。ずっとあの白い病室にいると息が詰まるので、正直助かった。

早紀子は百合の花をぶら下げたまま、宙を見つめていた。

「だから会わないほうがいいって言ったんですよ」

私の言葉に、うわ言のように早紀子が返した。

「貴方のお姉さん、狂ってるわ」

早紀子は手に持っている百合の茎を握りしめた。

「30年前ならね。でも今は、あれが正常よ」

「育子さんは、なぜ放っておいているのですか……？　早く更生させないと。今はつらくても、それがお姉さんのためよ」

「世界の変化は止められないわ。いくら叫んでみたところで、『更生』されるのはあなたのほうよ。あなたが信じる世界を信じたいなら、あなたが信じない世界を信じている人間を許すしかないわ」

雲一つない、折り紙のような青がただ広がっている空が、なぜか今日は不気味に感じられた。

早紀子が宙を見たまま乾いた唇を開いた。

「……どうして今日、私を連れてきたんですか？」

「……そうですね。昔の私と似ている気がしたからかな……」

呟くように言うと、早紀子がゆっくりと視線をこちらへ向けた。

生ぬるい風が、私と早紀子のスカートを揺らした。私は裾を押さえながら言った。

「姉が『産み人』になってからしばらくは、私も憤っていましたよ。世界が間違っているとは思わないけれど、あれだけ姉を傷つけておいてあっさりと変容した世界を憎んでた」

「…………」

「でもその姉も変容した。今の私は、昔の世界も今の世界も、遠く感じます。大きな時の中で世界はグラデーションしていて、対極に思えても二つの色彩は繋がってる。だから、今、立っている世界の『正常』が、一瞬の蜃気楼に感じるんです」

早紀子は何も答えず、ただ私を見ていた。

目の前の花壇には向日葵《ひまわり》が咲いていた。その黄色の花びらの上をうごく黒点があり、よく見るとそれは1匹の蟻だった。

私は人差し指で蟻の触角をくすぐった。

「働き蟻の寿命って、2年くらいだそうですよ。でもこの子たち、私たちが小さいころから、変わらずずっといますよね。知らないうちに、命が入れ替わってるだけで、ずっと存在している」

指に力を込めると、蟻は潰れて黒い塊になり、地面へと落ちて行った。

私は花壇の土の上を動いていた他の蟻をつまみ上げ、さっきまでの蟻と同じ向日葵の花びらに載せた。

何事もなかったように、同じ光景が動き出した。

「ほら、入れ替わったでしょ?」

蟻は花びらの上を軽妙に歩きまわり、やがて茎へ向かって進み始めた。

「私は早紀子さんにまったく共感できないわけじゃないですよ。でも私たちの脳の中にある常識や正義なんて、脳が土に戻れば消滅する。100年後、今地球上にいるほとんどのヒトの命が入れ替わるころには、過去の正常を記憶している脳は一つも存在しなくなる。古代から変わらない、ヒトという生命体が蠢《うごめ》いている光景の中でね」

「……帰ります。なんだか今日は疲れたわ」

早紀子は立ち上がり、「ここまで連れてきてくださって、ありがとうございます。一応、お礼を言っておくわ」と呟いた。

鞄を持って立ち去ろうとする早紀子に、

「花は？」

と尋ねた。早紀子の座っていたベンチに、姉の渡した百合が置きっぱなしになっている。

「持っていったらどう？」

早紀子は振り向き、私が差し出した百合に手を伸ばした。

早紀子の手はゆっくりと百合の花を握り潰した。紫色の小さな塊になって、花が落ちた。

「私は貴方たち姉妹のようにはならないわ。絶対に」

そう告げると、早紀子は今度は振り向かずに、早足で中庭を出て行った。

「育子ちゃん、ありがとう！　レポートのインタビューは終わったよ。あのね、皆でお菓子食べましょうって、環ちゃんが」

入れ違いに駆け込んできたミサキが、不思議そうに中庭を見回した。

「あれ？　育子ちゃんの会社のお姉さんは？」

「先に帰ったわ。気分が悪いんだって」

「ふうん……」

頷きかけたミサキは、足元に転がる紫色の塊に目を止めた。

「……これ、さっきのお花？」

ミサキはそっと、その塊を拾い上げた。甘い百合の香りが、こちらまで漂ってくる。

「お花がかわいそう……あの人がやったの？　どうしてこんな酷いことするんだろう」

私は曖昧に笑い、

「そうね。きっと、ミサキちゃんのダリアが羨ましかったのよ」

と言いながらミサキの髪を撫でた。ミサキがちょっと照れくさそうに、「これ、いつまでつけてようかな」と髪の毛を弄《もてあそ》んだ。

その拍子に、ミサキの手から、潰れた百合の花が零れ落ちた。私は生ぬるい風に髪と服を乱されながら、清潔な煉瓦の上へ深い紫色の甘い塊が落下していくのを見つめていた。

月曜日の早朝、ふと目が覚めて、そのまま寝つけずにトイレに立った。姉の部屋の前を通ると、襖が少し開いていた。閉めてあげようと近づいて中を見ると、てっきり寝ていると思っていたミサキが、起き上がって部屋の隅で何かをしている。

声をかけようとして躊躇した。ミサキは窓をあけて、そこから微かに差し込んでくる光に向かって、一心不乱に祈っていた。

そうっと部屋を離れようとしたのに床が音をたててしまい、ミサキが弾かれたように振り向いた。

「育子ちゃん、おはよう。どうしたの？」

「襖があいてたから、風邪ひくかと思って……ミサキちゃんこそ、どうしたの、こんなに朝早く。何か、お祈りしているみたいに見えたけれど」

「うん。あのね、環ちゃんが……ううん、世界中の『産み人』と、そこから今日生まれる子供たちが、無事でありますように、ってお祈りしてたの」

「毎朝してるの？」

妙に慣れた感じで両手を組んでいるミサキが不思議だったが、彼女は首を横に振った。

「ううん。でもね、昨日の環ちゃんのことを思い出したら、なんとなく感じたの。祈ろうって。世界中で、何人もの『産み人』のお腹があやって膨れていて、その中で赤ちゃんが動いていて、今日も生まれようとしてるんだなあって。そう思ったら、祈らずにいられなくなったの」

「そう」

ミサキの睫《まつげ》の先で、光が揺れていた。なんとなくわかるような気がして、私は頷いた。

私たちはいつ死ぬかわからない日々の中を生きている。いつ殺すともしれない日々の中を生きている。殺人のそばで、私たちは取り替えられながら生き続けている。きっと何千年も前から。

「私も祈るわ」

私はミサキの隣に座った。

頷いたミサキは再び目を閉じ、光に向かって祈り始めた。

私も目を閉じて、額に太陽の光の熱を感じながら祈った。

窓の外から葉の擦れる音が聞こえていた。それは波のようにも、砂が崩れていく音のようにも聞こえた。


姉から10人目の子供が無事に生まれたという電話がかかってきたのは、翌週の金曜日の午後だった。

その日は朝から強い雨が降り続いていた。雨音に封鎖されたような部屋の中で、私は電話をとった。

「誰を殺すことにしたの？」

私は開口一番に尋ねた。

昨夜遅く、姉にこれから分娩室に入るという連絡を受けてからずっと、自分に電報が来るのでは、と思いながら家で過ごしていたのだ。殺されるのは自分なのではないかと、どこかでずっと感じていた。

「あの人にしたわ」

 こともなげに姉が言った。

「あの人って？」

「この前、育ちゃんが病院へ連れてきた人よ。早紀子さん、だったかしら？」

外からはスコールのような雨の音が聞こえる。私は携帯電話を握る手に力をこめながら、極力冷静に言った。

「この前会ったばかりじゃない」

「子供のころ言ったでしょう？　私は誰でもいいの。あの人はかわいそうな人だわ。どうせなら、楽にしてあげられる人を選ぼうって前から決めていたの」

姉の声は意外なほど優しかった。息が詰まり声を出せずにいると、姉はしんみりとした口調で続けた。

「この日をずっと待っていたわ。育ちゃんにも、苦労かけてしまったわね」

「ううん……そんなこと……」

「迷惑かけ通しで悪いのだけれど、一つお願いがあるの。実は、体調があんまりよくないの。今朝の出産後から今まで、集中治療室にいたの。出血が止まらなくて。今は病室から特別に電話させてもらっているの」

「大丈夫なの⁉　私、今から病院へ行くよ。今日はお姉ちゃんが産む日だから会社を休んでいたし」

姉の体調は元々あまりよくなかった。本当は病室へ駆けつけたかったのだが、自分が「死に人」だと告げられることを恐れて行けなかったのだ。

姉はいつも自分の命を削って命を産んでいた。誰でもそうだろうが、体が弱い姉にとって、出産の負担は尋常ではないらしく、特に5人目を産んで以降の消耗は激しく、産んだあとは集中治療室に入ることがたびたびだった。

「大丈夫よ。もう本当に、だいぶ落ち着いたのよ。ちょっと疲れているだけよ。でもお医者様は、付き添いを一人つけてほしいって仰るの」

「付き添い？」

「産み人」の殺人に親族が付き添うなど、聞いたことがない。姉は困った様子で言った。

「私は大丈夫って言ったのだけれど、何かあったら困るからって……育ちゃん、本当に申し訳ないのだけれど、お願いできないかしら」

「私が……？」

呆然と聞き返すと、姉は困ったように、小さな声になった。

「育ちゃんしか頼めなくて……母は無理だし、お友達もいないし……」

姉は17歳で「産み人」になってから、たまに家に帰ってくることはあっても、ほとんど病院で暮らしていた。母は口では姉が「産み人」になったことを誉めていたが、心の奥底では自分が殺されると危惧していたのだろう。忙しさを言い訳に、姉の見舞いに来ることはほとんどなかった。

「……わかった、私が行くわ」

電話越しに頷くと、姉はほっとした声になった。

「よかった。ありがとう、育ちゃん。最後まで甘えてしまってごめんね」

「最後って……そんなこと言わないで。まだまだ若いんだから、お姉ちゃんの人生はこれからなんじゃない」

殺人が終われば、姉は家に帰ってくる。そこから結婚したって、仕事についたっていい。「産み人」の産んだ子供を引き取って育ててもいい。姉がやっと、出産という拷問から解放されることが、素直にうれしかった。

今日はもう眠るという姉に、明日は見舞いに行くと約束し、身体に負担がかからないように早めに電話を切った。

「ただいまー！」

声と共に部屋が騒がしくなり、ミサキがリビングに駆け込んできた。

「どうだった、秋葉原は？」

ミサキはこっちの友達と朝から遊びに行っていたのだった。

「すっごく楽しかった！　ゲームセンターで沢山お金、使っちゃった」

「あんまり無駄遣いすると、お母さんに怒られるよ」

「大丈夫、あたしは宿題代行サービスで儲けてるもん！　ねえねえ、それより、環ちゃんから連絡あった？」

「ううん、まだよ」

「なんだあ。環ちゃんが赤ちゃん産んだら、帰る前にもう一度、会いに行きたかったなあ」

ミサキは残念そうに唇を尖らせた。ミサキの夏休みはあと1週間ほどで終わる。明日には、長野に帰ることになっていた。

「また会えるわよ。これからはずっと、この家にいるんだから」

「そうかなあ。そうだよね。じゃあ、来年も遊びにきていい？」

「うん、もちろんよ」

ミサキは嬉しそうに私に抱きつき、笑い声をあげた。

「自由研究はできた？」

「うーん、あとちょっと。でも、お祈りについて書こうと思って」

「お祈り？」

「うん。あのね、あたし、あれからずっと、朝と夜にお祈りしてるんだ。祈っているとね、感じるの。大きな命の流れの中を、あたしたちは泳いでるんだって。その命の流れが光の川になって見える気がするの」

「ずいぶん、非科学的な研究結果だね」

私が笑うと、ミサキは顔を赤くして、「だって、本当にそう思うんだもん。いいよ、笑ったって」と言ってあちらを向いてしまった。

「ごめん、ごめん。カレーができてるよ。食べる？」

「うん！　あ、その前に着替えてくる！」

お気に入りだという穴の開いた古着のTシャツを汚したくないのか、部屋へと行きかけたミサキは、ふっとこちらを振り向いた。

「なに？」

「あのね、きっと、この、祈り、みたいなものって、世界中に広がっていくと思う。きっと100年後には、もっと皆が、『産み人』や『死に人』のために祈りながら暮らしていく世界になると思う。わからないけど、感じるの。きっとそうなるよ」

ミサキの濡れた黒い瞳が一瞬、真っ暗な穴に思えて息が止まった。次の瞬間には、

「あー、お腹へった！」とミサキは身を翻して部屋へ入って行った。

「あ、育子ちゃん、私、飲み物牛乳がいい！　育子ちゃんのカレー、美味しいけど辛いんだもん」

「はいはい、わかった」

私はキッチンへと向かった。

部屋からはミサキが立てる軽やかな足音や、笑い声が聞こえる。ミサキが生きている音が聞こえる。ミサキはその健全な肉体で、未来へ命を運んでいく。

ますます雨の音が強くなっていた。豪雨は、街を洗うように激しく降り注ぐ。

カレーをテーブルに並べていた私は、ふと、その音に惹かれて窓に近づいた。雨が部屋に入らないように気をつけながら、窓を少しだけあけると、そこからは激しい水の音と、夏の雨の匂いがした。


月曜日の朝、会社に早紀子は来なかった。

「珍しいわね。早紀子さんが無断欠勤なんて。何か聞いている？」

リーダーが怪訝な顔をしていたので、早紀子は会社には自分が「死に人」になったことは話していないようだった。

土曜日は、ミサキを駅まで送ったあとすぐ病院へ行き、姉の看病をした。姉は思ったより体調が悪そうで、いつもなら遠慮するのに、「ありがとう、育ちゃん」と弱弱しく私の手を握った。

「産み人」は10人目を産み終えて「死に人」に電報を出していれば、その後たとえ産み人本人が亡くなったとしてもあとは代理人が殺人を代行してくれる。すでに決定された「死に人」の死は覆ることはないのだ。とはいえ、もちろん「死に人」に命を狙われる可能性もあるので、「産み人」の殆どはたとえ身体が健康でも、殺人までの1ヵ月をセンターで守られながら過ごす。

退社後夜道を歩いていると、突然、後頭部に強い衝撃があった。

何が起きたのかわからず振り向こうとすると、今度はこめかみのあたりを殴られた。

悲鳴をあげようとしたが、街灯に照らされたその顔を見て息を呑んだ。

「早紀子さん……」

そこに立っていたのは早紀子だった。

早紀子は黒い長袖のシャツにジーンズを穿いて、いつもの会社での様子とはまるで違った。

彼女はさらに腕を振り上げた。私は咄嗟に身を引いて、自分も拳を握り、早紀子に殴りかかった。

鈍い音がして、早紀子が額を押さえてよろめいた。自分が出したことのない力で人を殴ったことに私自身が驚いて、思わず自分の拳を見つめた。

呆然としているうちに腕を強く引っ張られて倒され、もがいているうちに馬乗りになられた。早紀子は獣のように、私めがけて拳を振り下ろした。頭、足、腕、顔、あちこちに、痛みというより熱が破裂するような感覚が走った。

頭蓋骨に痛みを感じたとき、殺されるのではないか、という思いが過《よぎ》った。恐怖に突き動かされ、私は全力で早紀子の腹を蹴りあげた。

ぐうっ、と早紀子が動物じみたうめき声を漏らす。

生きたい、殺されたくない、という本能に引きずられるように、私は早紀子を何度も殴った。

手に持っていた鞄を早紀子の顔面に振り下ろそうとしたとき、早紀子が叫んだ。

「卑怯者!!」

意味がわからず動きを止めると、早紀子がさらに叫んだ。

「貴方のせいね！　貴方の差し金ね!!」

「何がよ!?」

「とぼけないで！」

早紀子はもう殴りかかってこようとはせず、その場に蹲《うずくま》ってすすり泣いた。

「貴方がお姉さんに言ったんでしょう!?　私を殺せって！」

早紀子の目は真っ赤だった。私はなるべく刺激しないよう、冷静な口調で言った。

「私じゃない。誤解よ」

「そんなわけないわ！」

「本当に違うのよ。私も、姉から電話をもらって驚いたわ。姉はね、誰でもいいの。無差別殺人者なのよ。たまたま、印象的だったあなたを選んだだけよ」

「まさか……」

「本当よ。殺人衝動が抑えられないの。小さい頃からよ。それで『産み人』になったの」

早紀子は言葉を失って、真っ赤に泣きはらした目でこちらを見ていた。

「……ごめんなさい、まさかこんなことになるとは、私も思っていなかったのよ」

早紀子は顔を覆って、大きく息をついた。

「こんなことは罪よ……絶対に許されないわ……」

「殺されるのが嫌なら、自殺も選べるでしょう？」

「死に人」に選ばれた人にはいろいろいて、チカちゃんのように静かに運命を受け入れる人もいれば、とにかく殺されるのだけは嫌だ、と自殺をする人もいる。逃げる人ももちろんいるが、すぐに捕まってしまう。「死に人」として指名された時点で、すでに監視役がついている。「死に人」は無理心中のように殺人を犯す危険性も高いので、厳重に見張られるのだ。この光景もどこかから監視されているに違いない。想い出づくりのために旅をすることは許されるが、どこかへ逃げようとするのは無駄なことだ。

だが、早紀子は小さな声で言った。

「私は逃げるわ。必ず逃げてみせる」

「……そう、それなら、早くそうしたほうがいいわ」

私は頷いた。早紀子は息があがっていて、声にならない悲鳴でもあげているかのように口を大きくあけて呼吸をし、闇を飲み込んでいた。

早紀子はそばに転がっていた小さなリュックサックを持ち、立ち上がった。

「私は殺されないわ。お姉さんには、他を見つけるように伝えておいて」

「……わかったわ」

私は頷いた。早紀子は少しよろめきながら、闇の中へと消えて行った。

「大丈夫ですか」

早紀子が立ち去ってすぐ、スーツ姿の男性が数人、私のところへ駆け寄ってきた。

「はい、平気です。あの、お恥ずかしい話ですが只の痴情のもつれというか、私、あの人の彼氏をとっちゃって。すっごい怒ってるみたい。怖かったなあ」

無表情の男性たちは、見張りの役人だと咄嗟に思った。早紀子が危険行為を働きそうだとみなされれば、1ヵ月を待たずに捕らえられてしまうだろう。私はなるべく明るく、軽い喧嘩のように振る舞い、照れくさそうに笑ってみせた。男性たちは納得したように頷き、私の怪我が大したことがないことを確認すると、身分を明かさないまま去っていった。

口の中は血の味がした。数えきれない低い足音が、早紀子を追いかけて闇の奥へと遠のいていくような気がした。

「お天気でよかったわね」

姉の言葉に「そうね」と頷いた。

1ヵ月がたった。私は姉の殺人の付き添いで、病院の近くまで来ていた。ミサキと早紀子とここへ来たときはあんなに蟬の声がしていたのに、今では空が洗われたように、何の音もしなかった。

姉はまだ身体が衰弱していて、車椅子に乗っている。

あれから週末ごとに見舞いに来たが、姉はほとんど食べ物を受け付けず、今も点滴で過ごしていた。赤ちゃんのほうは元気いっぱいで、すぐにセンターへ引き取られていったそうだ。

「本当に大丈夫なの？　体調が悪いときは延期もできるって、管理局の人から連絡があったけれど」

「平気よ。本当は歩けるの。お医者様が大げさなだけよ」

姉は笑ったが、その顔はかなり痩せてやつれていた。

センターは病院のすぐ隣に建っていた。私たちがセンターの前に行って名前を告げると、白衣を着た男性が、すぐに入口に迎えに来てくれた。

「どうぞ、こちらへ。『産み人』としての任務、本当にお疲れさまでした」

私たちは白衣の男性の後ろにつき、センターの中を進み始めた。

早紀子が空港で捕まったという連絡を受けたのは、最後に会った日から1週間ほどたったときのことだった。旅行ではなく明らかに逃亡しようとする素振りがあったため、その場で身柄を確保されたのだという。その知らせを受けた姉は、「かわいそうに」と透き通った声で呟《つぶや》いた。

センターは都内にもあるが、どこも厳しく管理されているため、中に入るのは初めてのことだった。

自動ドアを何回も通って進むうちに、遠くから動物の声のようなものが聞こえてきた。真っ白な扉が開き、巨大な部屋が現れた。

「申し訳ありませんが外に通路がないので、こちらを進みます」

そこは乳児の部屋だった。通路の両脇は水槽のようなガラス張りで、その奥にはベッドが並べられて、赤ん坊が横になっている。まだ薄い、血の色が透けた赤い皮膚をしたしわくちゃの子供たちが泣いていて、白衣の男女が忙しく動き回り、赤ん坊にミルクを与えていた。

物珍しげに見回している私に、白衣の男性は丁寧に説明してくれた。

「1階は生まれたての子供が管理されています。少し大きくなると、2階のベッドに移動します。1歳になるともう1階上のベッドへ。もっと上の階もありますが、ほとんどが乳児の時点でもらわれていきます」

説明をうけながら、私たちはガラス張りの通路を進んだ。

この中のどの子供が姉から生まれたのだろう、と見回してみたが、わかるはずもなかった。「産み人」や、産刑にあっている人たちの子供は今日もたくさん生まれているらしく、この瞬間も、奥のベッドにまた一人、まだへその緒が付いた新しい子供が運ばれてきたところだった。

姉は子供にはさほど興味がないらしく、「もっと早く進んで大丈夫よ、育ちゃん」と言った。

長い通路が終わると階段があった。私と男性とで車椅子を持ち上げ、なんとか階段を下りた。

「いや、本当はここにもエレベーターをつけるべきなんですけれどね。申し訳ないです」

男性がすまなそうに言った。

地下に降りると、あれほど響いていた赤ん坊の泣き声はほとんど聞こえなくなった。地下の通路を少し進んだところにある、厳重な銀色のドアに暗証番号を入力して、男性はこちらを振り向いた。

「では、中へどうぞ。12時間後にお迎えにあがります。もしも早く終わったときには、中にあるコールボタンでお呼びください。どうぞごゆっくりなさってください」

男性が「開」ボタンを押すとドアが開いた。

そこは真っ白な部屋で、中にはベッドが一つあるだけだった。

「それでは、失礼いたします」

男性はドアを閉めて去って行った。

私は姉の車椅子を押しながら、おそるおそるベッドへと近づいた。

そこには、白衣を着た早紀子が眠っていた。

薬で眠らされているのだろう。胸の部分が呼吸をするたびに微かに膨らむ。触れるとまだ温かかった。

私が殴った額の傷は小さくなっている。それが、早紀子の細胞がまだ生きていることの証明のようだった。どこをどう逃げたのか、手と足には擦り傷がいっぱいあった。

「それじゃあ、始めましょうか」

姉の声に思わずそちらを見たが、姉は冷静な顔で、「育ちゃん、鞄をとってくれるかしら」と言った。

「ねえお姉ちゃん、殺意ってどんな感じ？」

目の前で呼吸をし、そのたびに胸を上下させ、確かに生きている早紀子を見ながら、私は尋ねた。姉は可笑《おか》しそうに言った。

「私に聞かなくても、育ちゃんだってよく知っているはずじゃない。今、殺したい人は5人目なのでしょう？　人間の、ごく平凡な感情よ」

「そうだけど、私のは本物の殺意とは言えないもの」

私は早紀子の唇に触れた。そこから吐き出される空気は生温かく湿っていて、指に絡みついてくるようだった。

「殺意に本物と偽物があるなんて知らなかったわ。じゃあ育ちゃんのはどういう感じなの？」

姉は鞄から一つずつナイフを出し、ベッドサイドの銀色のテーブルの上に並べていく。私は小声で答えた。

「かっと身体に熱が灯って、とにかく憎い、こいつを殺せば人生がうまくいくんだ、って極限まで思い詰める感じ。ある意味では、殺す相手のことを信じているのかな。

この人さえ消えてくれれば何もかも解決するんだ、って。冷静になると、赤の他人がそこまで自分の人生の鍵を握っているわけないんだけれど、一時的な激しい思い込みって感じで……ごく、平凡な感情だよ」

「私の殺意も平凡よ。そもそも、殺意というものは、誰の人生にも宿る、ごく一般的な蜃気楼みたいなものなのよ。水に飢えた人がオアシスの幻を見るように、生に固執する人間は殺人という夢を見る。それだけよ」

姉は並べたナイフの一つを手に取り、顔をあげた。

「殺人を信じているという意味では私も一緒よ。それを、きっと物凄く特別な体験なのだろうと思っている。それに、性的な倒錯も少し入り交じっているのかな。不思議なものよ」

姉は、規則正しく呼吸をしている早紀子の身体を撫でた。

「いつも想像してしまうの。たとえばこの人くらいの体格なら、この中には4リットルくらいの血があるのだろうな、とか。それを自分の手で肉体から引きずり出して、命を終わらせていくことを、何か、物凄く強烈な肉体関係だと思っているのね。セックスより、出産より、もっと強い力をもった肉体関係。それを誰かと結びたいだけかもしれないわ」

姉は早紀子の身体を撫でていた手を止め、こちらを振り向いた。

「喋りすぎたわね。育ちゃん、ここまでありがとう。向こうを向いていていいわよ。もし何かあったら呼ぶわ」

「ううん、平気。ここで見てる」

姉は少しの無言のあと、呟くように言った。

「そう。じゃあ、育ちゃんも一緒に殺す？」

「……私は『産み人』じゃないから駄目だよ。お姉ちゃん、一人でゆっくり殺していいよ。そのための20年間だったんだから」

「ここにはカメラがあるわけじゃないし、外からはわからないわ。育ちゃんはずっと私を支えてくれたんだもの。一緒に殺す権利があるわ」

姉は、子供のころ、私が生きた虫をとって渡したときのような、少しだけおびえるような、共犯者を探す目で私を見上げていた。

「……じゃあ、少しだけ」

私は頷き、姉を安心させるように、姉が差し出した小さなナイフを一つ、受け取った。

私たちは早紀子に近づいて、眠っている彼女の命を奪い始めた。

た。

「それじゃあ、始めるわね」

姉はナイフの先を、早紀子の脇腹に差し込んだ。私も、持っていた銀色の光を、早紀子の腹部へと押し込んだ。ぷちっという感触は皮膚が切れるところだったのかもしれないが、そのあとは柔らかく、するりと白い皮膚の中へ刃物が吸い込まれていった。

まず、溢れてきたのは赤だった。早紀子から、まるで果物の汁のように、みるみる赤い水が流れ出てきた。

その水はすぐに私たちの白衣を汚し、ベッドと床を真っ赤に染めた。血液はまだ温かく、まるでお漏らしをしたように、私の下半身が早紀子の温かい液体で濡れた。

私たちの銀色のナイフはそれぞれ早紀子の白い皮膚を切り裂き、そのたびに中から赤が飛び出した。いつの間にか、スリッパを履いている私たちの足元に、真っ赤な水たまりができていた。水たまりの上を歩くたびに足はひたひたと濡れ、足首まで水が跳ねた。私は子供のころ、よく姉のためにアメンボを捕ったことを思い出した。

それは不思議な光景だった。早紀子の皮膚の中にあるのは、血と肉というより、一つの緻密な「世界」だった。

クレヨンや絵の具のチューブのような無邪気な赤、玉虫の背中から光の一つを掬い取ったような複雑な赤、錆びたような黒ずんだ赤、そして血管の絡まった臓器、骨の白、そこに広がる光景を見ていると、どこか遠い世界へ来てしまった気持ちになった。

部屋は空調がきいていたが、体が熱くなり汗をかいていた。姉も同じようで、白衣の袖をまくっている。

鮮やかな赤は、肉を切っても切っても溢れ出た。

早紀子はまだ温かかった。今、早紀子が生きているのか死んでいるのか、私にはわからなかった。この手の中に、その瞬間があるということだけは確かだった。

夢中になって手を動かし、気が付くと、早紀子の体温が少し下がっているように感じた。指が歓喜に震えた。部屋の中は、早紀子から押し流されてくる命の流れる力に満ちていた。

なんて正しい世界の中に私たちは生きているのだろう。

この世界の「正しさ」が破裂したように、私へと押し寄せていた。この手の感触、血の懐かしい匂い、清潔な肉の世界に入って行き命をもぎ取るということ。

誰かを殺すということがこんなにも正しいことだったなんて、私は知らなかった。

昔見た、出産の映像を思い出していた。裂ける膣からずるりと血だらけの赤ん坊が引き摺り出されていた。今、目の前にある光景はまるで逆だった。子宮を逆流するように、私たちは早紀子の身体の中へ中へと進んでいく。どこか懐かしい血の匂いが鼻をかすめる。緻密な内臓から、鮮烈な赤が、またざぶりと流れ出す。

目から水が流れ、血かと思って手の甲で擦るとそれは透明だった。

私は自分の行っている殺人に感動して泣いているのだった。

横にいる姉を見ると、姉も涙ぐんでいた。

私の手に、腕に、鮮烈な赤が飛び散る。全身に肉を、皮膚を、血管を切り裂く感触が宿っていく。それらはまだ仄かに温かく、早紀子の液体や破片が身体に飛び散ってくるたびに、私の肉体がじんわり熱をもった。まるで早紀子の命が私に宿っていくようだった。

「あ」

姉が小さく声をあげた。

目の前の身体からあふれ出てくる鮮烈な紅色の波に圧倒されていた私は、耳をかすめたその声がよく聞き取れなかった。

「…………だわ」

「なに？」

私は早紀子の心臓に、まるで未知の世界への扉をあける鍵であるかのように、すっとナイフの先端を差し込みながら尋ねた。

「……もう一つ、命があったわ」

何のことだろうと姉を見ると、その手の中には赤くて小さい血の塊のようなものがあった。

「なに？　どうしたの？」

「新しい命よ。だからこの方、一生懸命に逃げていたのね」

一瞬、姉が何を言っているのかわからなかったが、そっと手渡された赤い塊に手足があるのを見て、やっと意味を理解した。

右手の上に小さな塊を載せて呆然としていると、姉が呟いた。

「二人、殺したことになってしまったわね」

私は真っ赤にそまった手でそっと胎児を撫でた。胎児は早紀子の血液に甘えるように、手の上を転がった。私は胎児の小さな手をつつきながら、早紀子から飛び散った血の味がする唇を開いた。

「……私、『産み人』になるわ」

「え？」

姉が弾かれたように顔をあげた。

「この子の死を私に引き受けさせて。この命の分、私、これから命を産みつづけるわ」

たとえ100年後、この光景が狂気と見なされるとしても、私はこの一瞬の正常な世界の一部になりたい。私は右手の上で転がる胎児を見つめながら、自分の下腹を撫でていた。

姉は慌てて私の白衣を摑み、必死に首を横に振った。

「胎児は殺人にはあたらないわよ。それに黙っていれば、誰にもわからないわ」

「いいえ。そうしたいの。もう決めたの」

そっと握りしめると、胎児は手の中で静かに壊れていった。

いつか早紀子が落としていった、甘く潰れた百合の花に似た感触が、掌の中で蘇る。

まるで未来から聞こえてくる声のように、頭の中にさっき通路で聴いたガラス越しの赤ん坊の泣き声が響いていた。

拳を握っていたはずの早紀子の手が、まるでこの赤と白が混ざり合う世界を泳ぐように、ベッドからだらりと落ちた。

その切り裂かれた腹から蝉の欠片が零れ落ち、足元の赤い水の中へと沈んでいった。

# トリプル

洗面所の鏡の前で、髪の毛をヘアアイロンで整え、ヘアコロンをつける。恋人が好きだと言ってくれた甘い香りが、髪の毛にふわっと漂う。

強い香水は恋人が嫌うので、つけない。校則で禁止されているのと、親が厳しいのでピアスはあけていない。原宿で買ったイヤリングを耳に当ててみるがどうにもダサくかんじられて、それもつけていかないことにした。

丹念にマスカラをつけていると、洗面所を占領している私を見咎《とが》めた母が言った。

「どこかへ出かけるの？」

「うん。ちょっと秋葉原まで」

「誰と一緒なの」

「うるさいなあ。前にも言ったじゃない。今日はデートだよ」

隠すとかえってしつこく詮索されたり机を漁られたりするので、正直に告げた。母はグロスを塗っている私の後ろをうろうろしながらこちらを見ている。

「なに？」

「デートって……それはいいけれど。ちゃんとカップルでデートするんでしょうね」

私はグロスを指で伸ばしながら笑った。

「当たり前じゃない」

「そうよね、真弓《まゆみ》ちゃんに限ってそんなこと……でもほら、今、流行っているっていうじゃない」

「お母さん、あの白いコート、どこにある？　フードにファーがついたやつ」

「寝室のクローゼットにあるわよ」

お気に入りのコートを羽織りブーツを履いていると、玄関までついてきた母がなおも言い募った。

「本当に、本当にカップルなんでしょうね？　二人でデートするのよね？」

「だからそうだよ。何度も言ってるでしょう？」

「嘘はついてないわよね？　『トリプル』じゃないわよね？」

私は薄く笑って、コートの裾を払いながら立ち上がった。

「違うわよ」

「それならいいのよ……いい、誰かに声をかけられても、ちゃんとカップルでのデートを続けるのよ。トリプルなんてね、お母さんの時代には、本当にふしだらなことだったのよ。三人でラブホテルに行くなんて、乱交だとか3Pだとか言われていて、本当に性に乱れたどうしようもない人間がやることだったのよ」

「わかってるって言ってるじゃない。行ってきます」

私は玄関の鏡を見てニット帽を少し直すと、振り向かずに家を出た。外の空気は冷えている。私はマフラーに顔を埋めて待ち合わせ場所へ向かって走り出した。


私たち十代の間では、今、カップルよりもトリプルで付き合っている子たちの方が多い。三人で付き合うという恋人の在り方は、十代を中心に、ここ五年くらいで爆発的に広がった。

最初のブームのきっかけは、海外の人気アーティストがカミングアウトしたことだった。真似をしてトリプルで付き合い始めた十代の男女の姿に、大人たちは眉を顰《ひそ》めた。当時私はまだ小学生だったが、隣のマンションのお姉さんはいつも二人の恋人を連れていた。三人で手をつないで颯爽と歩いている姿は格好良くて、いつも憧れていた。

ブームのきっかけになったアーティストは麻薬で捕まって消えたけど、私が高校二年生になった今も、トリプルの流行は終わっていない。流行とは大人が言った言葉で、私たちの間ではこちらのほうが自然なことになりつつある。きっと、私たちの間にはずっと潜在的にあったのだと思う。どうして「二人」で付き合うのだろう？　誰が決めたのだろう？　という想いが。

外国はもっと進んでいて、同性婚より先にトリプルの結婚、三人での婚姻を認めるべきだ、というデモが何度も起こっている。学校の昼休み、皆で恋の話をしながら、私たちもデモやりたいねー、とよく冗談交じりに話している。三人で結婚すれば家事は楽だし、二人が働いて一人が育児に専念すれば少子化だって解消されるかもしれない。でも日本ではなかなか認められないだろうと、よくわからない肩書のコメンテイターが朝のワイドショーでもっともらしく解説していた。

「お待たせ」

秋葉原の駅前に行くと、誠《まこと》と圭太《けいた》がこちらを振り向いた。

「ごめんね、出がけにお母さんに絡まれちゃって」

「真弓はお嬢様だからなー」

からかうように圭太が言う。圭太の髪は傷んだ茶髪で、私のかぶっているのとそっくりなえんじ色のニット帽をかぶっている。ちょっと吊り目がちの目は、笑うと細くなってどこまでが目で、どこからが笑い皺なのかわからなくなる。

「大丈夫だった？　僕たちがトリプルだってこと、お母さんにばれたんじゃない？」

誠が少し心配そうに私を見た。誠は背が高い黒髪の男の子で、大人しいから地味に見えるけれど、よく見ると色が白くて綺麗な顔をしている。よく風邪をひくので、私と圭太がプレゼントしたカシミアのマフラーを首に巻いている。

「ううん、大丈夫。適当にあしらってきたから。それにばれたっていいよ、悪いことしてるわけじゃないもん」

「そうだけど。反対されて、無理矢理別れさせられるかもしれないよ」

誠は心配性だ。私は笑い飛ばした。

「そんなこと、できっこないよ。そしたら家、出ちゃえばいいんだよ。バイト増やせばいいじゃん」

「その時は俺んちこいよ。俺んとこは親が理解あるしさ」

圭太は母子家庭で、お母さんと仲がいい。私と誠も一緒に家に遊びに行ったことがあるけれど、「いいわねー、私も若かったら彼氏二人欲しいわあ」と豪快に笑いながらケーキを出してくれた。

「ねえ、そんなことよりどこか入ろうよ。寒いよ」

「そうだな。圭太、どこに行きたい？」

「ゲーセン行こう、ゲーセン」

私たちは近くのゲームセンターへ行った。秋葉原は安く遊べる場所が沢山あるからよく来る。といっても、お笑い芸人のガチャガチャにハマって何千円も使ってしまったときは、私も圭太も誠に怒られた。

恋人に怒られると、反省してみせながらもどこかくすぐったい気持ちになる。私と圭太が顔を見合わせて笑うと、誠もつられて表情を緩めて、それから三人で、同じポーズをしたお笑い芸人の人形を互いの鞄につけ合った。

そのときのことを思い出したのか、少し厳しい顔をした誠が、

「あんまり無駄遣いはだめだよ」

と釘を刺す。お母さんのお小言と違って、誠に叱られると甘い気持ちが湧きあがる。圭太も同じなのか、私と誠の手を同時にとりながら、

「わかってるって。早くいこうぜ」

と少し照れくさそうに言った。

半年前、この二人の恋人と出会ったのも、この秋葉原だった。

トリプルの恋は、二人組に一人が声をかけるか、一人でいる子に二人組が声をかけるか、どちらかの形ではじまることが多い。それも大人が眉を顰める要因の一つだ。ナンパじゃないの、と私の母などは言う。わかっていない。私はあなたたち二人に、もしくは私たち二人はあなたに、会った瞬間に強く惹かれたよ、ということを率直に表現しているだけだ。ぐだぐだと駆け引きをしているカップルの恋愛より、ずっとシンプルで、純粋だと思う。

その日私は駅前のゲームセンターで二人を見つけた。梅雨の合間の蒸し暑い晴れた日曜日だった。私はたまたま携帯の新機種を見に来ていて、暑さに負けてそばにある露店でタピオカの入ったココナッツジュースを買って飲んでいたのだ。ベンチもないのでガードレールにお尻を乗せて、ぼんやりと街を眺めながらジュースを飲んでいると、オレンジ色の男の子と藍色の男の子がじゃれ合っているのが見えた。

一人は茶髪で、小麦色の肌に鮮やかなオレンジ色のTシャツを着て、屈託なく笑っている。もう一人は藍色のシャツを着て、やけに真剣に店頭に置いてあるUFOキャッチャーの中を見つめて何か喋っていた。鮮やかな色のコントラストと、二人の間に漂う気の置けない信頼感のようなものが心地よくて、最初はただ、好感を持って見つめていただけだった。

藍色の男の子は、藤子不二雄の昔の漫画のキャラクターを取ろうと懸命になっていた。それをからかいながら、オレンジ色の男の子が腰ばきしているダメージジーンズのポケットから小銭を取り出し、藍色の男の子と場所を交代した。アームが動きだし、さっきまで騒いでいた二人が真剣にそれを見つめている。

藍色の男の子の黒髪が、オレンジ色の男の子の茶髪とこすれた。オレンジ色の男の子は汗を沢山かいていてTシャツが染まっているのに、藍色の子は汗一つかいていない。その青白い腕に、オレンジ色の男の子の顎から垂れた滴が落ちて行った。

藍色の男の子はそれでもぴくりとも動かずに、オレンジ色の男の子のアームを動かす手先を見つめていた。中に入っていた人形が一瞬、持ちあがる。オレンジ色の男の子が身を乗り出し、小麦色の腕と白い腕がこすれた。あっと思ったときには、人形は落ちてしまっていた。

あーあ、と溜息をついた男の子たちをみていると、喉が渇いてきて、私はストローからさらにジュースを飲みこもうとしたけれど、そこにはタピオカの粒しか残っていなかった。

喉が渇いた。そのせいか、日差しのせいだけではなく、肌が熱くなっていた。私はごみ箱に空っぽのカップを捨てると、ゆっくりと二人に近づいた。

「ねえ、コロ助、好きなの？」

そう声をかけると、オレンジ色の男の子と藍色の男の子が、同時にこちらを振り返った。その四つの目を見たとき、この四つの目玉からの視線が自分に絡まるのを、私はずっと待っていたのだ、という気がした。二人の視線と私の視線が絡まったことで、私は傍観者ではなく参加者になった。私は渇いた喉で唾液を飲み込みながら、少し震えてしまった声で続けた。

「とってあげようか？　私、これ得意なんだ」

藍色の男の子の視線が厳しくなった。男の子は目も深い黒い色をしていた。

「ひょっとしてトリプルの誘い？　悪いけど、僕たちはそういうの、興味ないよ」

突き放す物言いに私は少し怯んだが、何かのボタンのスイッチを押してしまったみたいに、喋るのが止まらなかった。

「そんなんじゃないよ。欲しいんでしょ？　これ、私も好きだからとってあげようって思ったの」

「得意って……」

オレンジ色の子が怪訝《けげん》そうに、それでも場所を空けてくれたので、私は財布を取り出して百円玉をゲーム機に入れた。

私がアームを動かすのを、二人が息を止めて見つめている。そのことに指が震えた。なんでこんなに身体が反応するんだろう、と思ったが、二人の呼吸がガラスに白い跡をつけているのが横目で見えてしまい、ますます耳と首が熱を持ち、息が止まりそうになった。

ぬいぐるみはアームにひっかかりもせず、私は財布の中にあった百円玉を全部使ってしまった。

「全然、得意じゃないじゃん」

馬鹿にするように言うオレンジ色の男の子に、「もう少しでとれるよ」と言い張って、お金を入れ続けた。

男の子たちに両替に行かせながら持っていた千円札を全部つぎ込んだころには、二人とも笑っていた。

「とれた！」

やっと、コロッケを手に持っているコロ助のぬいぐるみが落ちてきた。

「ね、得意だったでしょ」

私が言うと、二人は顔を見合わせて、噴き出した。

「ばっかだなー。いくら使ったんだよ？」

「これが欲しかったら一回だけデートして……欲しいけど、もしも嫌だったらいいよ」

恥ずかしくなった私がぬいぐるみを弄《もてあそ》びながら言うと、藍色の男の子が深い色をした黒目を細めた。

「僕はしてもいいよ」

オレンジ色の男の子が驚いた顔をした。

「え、マジで？」

「僕たちよく一緒に遊んでるんだけど、トリプルにならないかって、いつも声かけられるんだ。迷惑だなあって正直思ってたんだけれど、今回は、デートくらいならしてもいいような気持ちになった。僕はね。でも、圭太が嫌なら行かない」

淡々と説明する藍色の男の子に、「いや、俺も別にいいけどさー」とオレンジ色の子が言った。

「じゃあ、約束ね。次の日曜日はどう？　来てくれたら、これあげる！」

私たちはその場で連絡先を交換し、翌週の休日に会う約束をした。見た目では二人とも年下かと思ったけれど、同じ高校二年生だということがわかった。藍色のシャツを着た誠は横浜の進学校、オレンジ色のTシャツの圭太は都内の工業高校に通っているらしい。高校は別だが地元が一緒で、小学校から仲がいいそうだ。

まずは一回デートだけ、と日曜日に三人で遊園地へ行って、ますます二人のことが好きになった。思いがけず、その次の誘いは誠がしてくれた。五回目のデートで池袋の水族館に行ったとき、圭太が言った。

「俺たち、本当に付き合わねえ?」

そして、私たち三人は恋人同士になったのだ。私と恋人になるのはいいが、トリプルになることで、今まで友達だった誠と恋人になるのが酷く変な感じだと、圭太は最初不安げだった。

けれどトリプルとして付き合っていくうちに、その不安も解消された。私たちは三人で恋におち、三人で恋人同士になったのだ。

ゲームセンターから駅前の大きなビルに最近できたアイスクリームショップへ行き、暗くなってきたのでクリスマスのイルミネーションを見ていると、圭太が言った。

「キスしない？」

私も誠も、即座に頷いた。私たちはツリーから離れたところに隠れて、三人でキスをした。

三人でキスをするのは、大人が思うよりずっと簡単だ。百二十度ずつ角度を分け合って顔を近づけると、驚くくらいしっくりと三つの唇が合わさる。まるで最初からそうなるための身体の仕組みだったように、三人でのキスはしっくりとうまくいく。

私たちは唇だけを合わせるキスのあと、嚙みつくようなキスをして、それから舌を絡めた。

私は二人でのキスをしたことがない。圭太はあるみたいだけど、三人でキスするほうがずっといい、と言う。

二人でキスをするなんて、顔のまわりにひゅんひゅん風がきそうだし、外から丸見えだし、何がいいのかよくわからない。誠もトリプルでしかキスをしたことがないので、同じことを言っていた。

キスに熱中していると、顔をしかめたサラリーマンが近くを通り過ぎて行った。

「見て、こっち睨んでる」

唇を離して言うと、唾液でべとべとになった圭太が言った。

「真弓の母ちゃんみたいに、ふしだらな！　って思ってるんじゃね？」

　私は噴き出した。こんなに真面目に付き合ってる私たちをふしだらだなんて、大人の言うことはいつもおかしい。

「どうする？　この先もする？」

　私が聞くと、誠が首を横に振った。

「駄目だよ。今日は真弓は生理だから」

「大丈夫だよ、もうほとんど終わってるし、下着を脱がなければいいじゃない」

「そういうの、よくねーよ。身体に悪いだろ？　一人の体調が悪い時は、しない。俺たちは三人でトリプルなんだから、それが当たり前だろ」

　真剣な表情で圭太が言う。私たちは、互いの身体のことをちゃんと打ち明けて、話し合うことにしている。協議の結果、今日はセックスはしないことになり、真面目に家に帰ることになった。

　私たちは誠を真ん中にして、三人で手をつないで駅へと向かった。

　頭上では星形のイルミネーションが瞬いている。それを見上げながら、私はつぶやいた。

「ずっとこうしてたいな。もう帰っちゃうなんて、つまんない。三人で暮らせればばいいのに」

「大学に合格できたら僕は一人暮らしするから、二人とも来れば？」

誠の発案に、私ははしゃいだ。

「そうしたい！　それが自然な気がする。だって、私たちがそれぞれ別の家に帰るなんて変だよ。三人でいるときのほうが、外にいても、ただいま、って感じがするんだもん」

「やだなー、そういうセンチメンタルなの」

圭太がからかったが、まんざらでもなさそうだった。

「次はいつ会える？」

声が真剣になってしまった。三人で会おうとするとなかなか予定が合わないので、そんなに毎週デートはできない。案の定、誠が困った顔をした。

「ごめん。僕、来週は模試があるんだ」

「そっか……」

会えないのは切ないが、切なくなれるほどこの恋人たちが好きだということでもある。この歳になるまで、私は胸が痛むということを肉体で実感したことはなかった。けれど、今は、心臓のそばの皮膚が、裏側から引っ搔かれているみたいに痛い。その疼《うず》きがうれしかった。

私たちは駅の改札の前で手を振って別れた。私と別れると、圭太と誠は友達同士に戻ったみたいに、手を離して何事もなかったようにホームへ向かって歩き始めた。

翌日の昼休み、教室で仲のいいリカと甘いパンを食べながら、私は言った。

「ねえリカ、彼氏、元気？」

「うん」

リカは、『カップル』、つまり二人きりで付き合っている恋人がいる。あまり彼氏の話はしたがらないが、仲のいい私にだけは、詳しい話を聞かせてくれる。

ふと、昨日の自分たちのデートを思い出した私はリカに尋ねた。

「ねえ、恋人が一人って、どんな感じ？　キスはどんな風にするの？」

「そういう風に聞かれるの、嫌いだって知ってるくせに」

リカが嫌な顔をするので、「ごめん」と素直に謝った。

「私も中学のころ、トリプルで付き合ってたけど、自分にはカップルのほうがいいって思うから、それを選んでいるのに。好奇の目で見られるのには、うんざり」

「私は、カップルのことも否定しないよ」

「真弓みたいな子は珍しいよ。トリプルで付き合ってる子には、恋人の話はしたくない。『なんで?』『キスはどうやってするの？　セックスは？』って、平気でプライバシーを侵害してくるんだもの」

「……ごめんね、悪気はないんだ」

自分もさっきそんなことを聞いてしまったのを思い出し、素直に謝った。

「真弓は、そうやって謝ってくれるだけ、他の連中よりずっとまし。あーあ、今度聞かれたら保健の教科書でも投げつけてやろうかな。こうやってやるのよ、小学校で習わなかったのって」

「それいいね。そうしなよ」

私が笑っていると、向こうから恵美《えみ》と由紀子《ゆきこ》がやってきた。二人は、校内でも有名なトリプルだ。あと一人、隣のクラスの謙二《けんじ》という男の子を含めて三人で付き合っている。

「ねえリカ、あたしたち週末、伊豆に旅行するんだけど、リカと彼氏も来ない？　あたしら三人だけじゃなくて、謙二のバイト先の大学生が二人くるんだけどさ、どっちも恋人いないの。リカって二人で付き合ってるんでしょ？　いい出会いのチャンスじゃない？」

「悪いけど、私はいいわ」

リカが即座に断ると、由紀子が顔をしかめた。

「リカ、可愛いのにもったいないよ。恋って二人でしてもつまんないじゃない？」

「リカがいいって言ってるんだから、いいじゃん」

私が慌てて庇うと同時に、リカが立ち上がった。

「ごめん、話の途中で悪いけど、私、職員室に呼ばれてるんだ。ちょっと行ってくるね」

教室から出ていくリカを見ながら、恵美と由紀子は「リカってよくわかんないよねー」と顔を見合わせている。

私もトリプルだから、恵美たちの気持ちはわからないでもない。彼女たちに悪意がないのも理解できる。でも、大人の干渉を嫌がるわりには、自分たちだって同じことをしている。

私は教室を出て行ったリカの真っ直ぐな背中を思い浮かべながら、手元に残った甘いパンの欠片《かけら》を弄んでいた。

誠の模試も終わり、やっと三人で集まれた日曜日、私たちは三人で朝から池袋のラブホテルにいた。

　ここのホテルは土日でも朝の八時から十六時までフリータイムをやっていて、内装も綺麗なのでよく利用する。今日はちょっと奮発していい部屋にした。時間内なら何時間でもいていいシステムなので、朝から目いっぱい利用したほうがいいにきまってる、というわけで、私たちは朝の八時きっかりにホテルに集合していた。

「あー、五時起きしたからねみー」

　圭太が伸びをしながらベッドに横たわった。誠は部屋にあるティーバッグで、私たちにお茶を淹れてくれた。

「じゃあ始めようかー」

　声をかけると、「えー、もうちょっと」と圭太が眠そうに布団にもぐりこんだ。

「このままじゃ、圭太寝ちゃいそうだもん。時間がもったいないよ。せっかく久しぶりに会えたのに」

「まあ、そうだけど……」

　しぶしぶ布団から出てきた圭太と、お茶を飲み終えた誠と私は、ベッドの上に三人で向き合って正座した。

　そのまま手をつないで目を閉じる。

「それでは、これからセックスを始めます」

私が言うと、二人が頷く気配がした。

「今日の『マウス』は、圭太です」

私が告げると、右手で握っている圭太の手のひらがぴくりと揺れた。

「服を脱いで、準備が終わったら手を鳴らしてください」

右手から圭太が離れていき、ごそごそという物音のあと、圭太の手を鳴らす音で、私と誠は目をあけた。

そこには裸になった圭太があお向けになって横たわっていた。

トリプルのセックスは、カップルのセックスとは全く異なる。誕生日が早いものから順に、『マウス』という役割を担う。

マウスは、「口」という意味だ。と同時に、私たちの小さくて可愛いネズミ、という意味も含まれているのだと思う。

前回は五月生まれの誠がマウスだったので、今回は圭太の番だ。手が鳴ったら、私たちは一言も言葉を発さない。

マウス役の子だけが服を脱いで、他の二人は着衣のままだ。そして、マウス役の子は、身体中の穴で、他の二人のありとあらゆるものを受け止める「口」になる。

部屋の明かりを少し調節して暗くすると、圭太が緊張した面持ちで身をよじらせる。裸になって横たわっているマウスを見たとき、私にはいつもぞくっとした快感がこみあげる。服を着た二人の前で、一人で裸でいる姿は赤ん坊のようでもある。

圭太はスポーツをして筋肉はついているが、手首や首、足首は無防備なくらい細い。Tシャツの中に隠れている肌は、頬や腕の小麦色と異なって青白い。私と誠は目と目を合わせ、頷くと、同時に圭太の上にのしかかり、彼の身体中の「穴」をさぐりはじめた。

まず、耳。奥が見えないまっくらな空洞に、舌を差し込む。

私の唾液が圭太の耳の中へ落ちていく。圭太は黙ったまま、その感触に耐えている。

誠は圭太の鼻に舌を入れている。息ができないのか、圭太は苦しそうに喉を鳴らした。

私は今度は口に指を入れた。その中を逃げ惑っている舌を摑み、歯を撫でる。圭太は唾液をだらだら流しながら、私の仕打ちに耐えている。

下半身の穴も重要だ。誠が圭太の柔らかいペニスを持ち上げ、爪の先を尿道へ押し込んだ。うっと、圭太の喉の奥から音がする。

圭太は目を強く閉じたまま、声を堪えている。私は圭太の肛門を指でひらき、ペディキュアを塗った足の指の先をそっと押し込んだ。苦しそうに圭太が身体をくねらせたが、抵抗はせず、両腕はぐったりと布団の上に投げ出されている。

圭太は今、人間ではない。私たちのあらゆる突起と体液を受け止める穴なのだ。誠が舌を伸ばし、唾液を圭太の目頭へと流し込む。私は足の指全てを圭太の口の中に押し込みながら、手の指で鼻の穴をいたぶる。湿った粘膜が私の手足の指を同時に受け止める。

私たちはただ黙々と、圭太の穴という穴をいたぶり続けた。身体のあらゆる部分で、マウスを犯し続ける。そうしているうちに、相手が圭太だということを忘れていき、自分の肉体の一部を埋めるということだけに没頭していく。

指が入って行く。舌が入って行く。踵《かかと》が。肘《ひじ》が。髪の毛が。私の肉体の全てをその粘膜で吸い込みながら、マウスは抵抗せずに、ただ震え、体液に濡れながら耐え続けている。

掌の中に唾液を出して、その指ごと圭太の肛門に流し込む。誠は自分から零れ落ちた汗を、圭太の口の中へと押し込む。

圭太の穴の中に私たちの体液が流れ込んでいく。「うっ」という声がして、いつの間にか勃起していた圭太のペニスからとろとろと白い液体が流れ出た。

私たちは圭太の身体から手を離した。

マウスが達することを合図に、セックスは終わる。

まるで催眠術がとけたみたいに、マウスはその瞬間、人間に戻る。そのとき、目の前には私たちに犯しつくされた圭太が横たわっている。

「ごめんね、大丈夫だった？」

私はまるで羊水から出てきたばかりのように、私たちの体液で濡れそぼった圭太に優しく声をかける。圭太は息も絶え絶えに、目を閉じて頷く。愛おしさがこみあげてくる。

子供を産んだあとの母親とは、こんな気持ちになるのだろうか？　この突き上げてくるような気持ちが恋愛なのか、私にはわからない。私と誠は、同じ罪を犯した共犯者になって圭太を見つめている。私たちの肉体と体液で犯しつくされた圭太は、二人がいないと生きられない弱い生き物であるような顔をして、白いシーツを握りしめている。

セックスだからといって、私たちは性器にこだわらない。もちろん、快感が伴う場所なので、マウスを犯すための突起としてペニスやクリトリスを使うこともあるが、使わなくてもかまわない。今日は、私は下着をずらして足の間の突起をこすりつけたりはしなかったし、誠もズボンのチャックを下ろすことはなかった。

私たちの体液でべとべとになった圭太が、精を放った後特有の気だるい顔で、ぼんやりと宙を見つめている。圭太が放った精液をホテルのタオルで丁寧に拭い、身体を綺麗にしてあげると、圭太は安心したように裸のまま眠り込んだ。穴になり続けて疲れたのだろう。

私たちも疲れていた。時計を見ると、八時ちょうどにホテルに入ってから、五時間が経過していた。

フリータイムが終わるまであと三時間だ。汗をかいたのでお風呂にも入りたかったが、私と誠は圭太を真ん中にして目を閉じた。

まるで親子のように川の字になって、私たちは手をつないで眠った。

トリプル特有の、このマウス式セックスに慣れると、耳と口だけでもマウス役の子が達するようになるらしい。私たちはまだ性器に触れないとそうはならないが、このセックスに身体が馴染んでいくにつれて、私たちの性器と、そうでない穴との境目が曖昧になってきているような気がした。

圭太の髪は、拭ききれなかった私たちの体液で濡れている。圭太の髪をなでると、寝ている圭太が少しだけくすぐったそうに頰をまくらにこすり付けた。

　ホテルを出て、これから塾へ行くという誠と、本屋に用があるという圭太と別れると、池袋の駅前で偶然、リカとばったり会った。

「真弓、どうしたのこんなところで。いかにもホテル帰りって感じで、なんだか疲れた顔してる。髪もぼさぼさだよ。そんな恰好で帰ったら、お母さんにトリプルのことばれちゃうよ」

　リカが笑うので恥ずかしくなった私は、「リカもホテル帰り？」と聞いた。

「私は違うよ。この辺に予備校があるってだけ」

「リカもかあ。誠も、これから勉強なんだって」

「来年は受験生だもんね。誠くんって、同い年だっけ？」

　階段を降りてお喋りしながら改札へ向かっていると、突然、大学生くらいの女の人から声をかけられた。

「突然ごめんね。ね、貴方たち、すっごく可愛いね。私とトリプルにならない？」

　私とリカは顔を見合わせて、「ごめんなさい、私も彼女も、それぞれ別に恋人がいるんです」と言った。

「光栄です」と言った。

「そっか、残念だなあ」

女の人は長い茶色の巻き髪をした、綺麗な人だった。リカは少し笑って、「光栄です」と言った。

トリプルの恋愛が広がって、性別というものも、恋人になる上で大きな問題ではなくなってきているような感じがする。もしイエスと言っていたら、私はリカと恋人になるのだ。女の人が立ち去ってから、ぼんやりとリカを見た。

「どうしたの？　真弓？　なんかぼうっとしてる」

「ううん。なんか、疲れちゃったみたい」

「大丈夫？　トリプルのセックスって、ハードだものね」

私はカップルのセックスをしたことがないから、それがどんなことかはわからない。両方の経験があるリカには違いがわかるのかもしれない。私は「そうだね」と適当に相槌をうち、白いマフラーの端を握りしめた。

夕食を終え、お風呂から出た私はドライヤーを持ってリビングに行った。テレビをつけると、

「朝まで徹底討論！　トリプルとカップル、どちらが真実の恋人の姿か⁉」

というテロップが出ていて、バッジをつけた若い男女が熱心に討論していた。

つまらなくて、タオルで髪を拭きながらチャンネルを替えていると、背後から声がした。

「増口《ますぐち》圭太くん。岡本《おかもと》誠くん。この子たちと、今まで一緒にいたのね」

低い声にはっとして振り向くと、私の携帯を持った母が立っていた。

「勝手に見たの!?」

弾かれたように私が立ち上がるのと、母が腕を振り上げるのとが同時だった。

頬を叩かれてよろめいた私に向かって、母が叫んだ。

「この淫乱女！　あれほど言ったのに、よりにもよって男の子二人となんて！　汚らわしい!!」

母は携帯をソファに向かって投げつけた。

「ホテルで3Pしてきたのね!?　男二人と！　そうなんでしょう!?」

「そんな気持ちが悪い言い方しないで！　人の携帯を見るなんて、お母さんのほうがずっと汚いよ！」

「相手の子たちはどこの子なの!?　まだ学生のようだけど、警察に訴えてやるわ。これはレイプよ。男の子二人に女の子一人なんて。トリプルなんてくだらない言葉に騙されて！　あんたは輪姦されたのよ！」

「酷いこと言わないで！　私たちは三人で恋人なの。愛し合ってるの！　初めての恋なの！」

「３Ｐなんかしておいて、純情ぶるんじゃないわよ、同意の上だっていうならあんたは最低の淫乱よ！　こんな売女《ばいた》に育つなら、産むんじゃなかった！」

私は母に殴りかかった。母は腕を振り上げて、「淫乱！」と叫びながらさらに私の顔を叩こうとした。

その手を弾いて、私は母の頭を、そばにあったドライヤーで殴った。

めきっと嫌な音がして、ドライヤーにひびが入ったのがわかった。

母は「ぅえっ」と変な声をあげて蹲《うずくま》った。私はひび割れたドライヤーを、母の頭に何度も何度も振り下ろした。

「お母さんのほうがよっぽど厭らしいよ！　何も知らないくせに！　人の恋を歪んだ目で見るなんて、最低だよ！」

私は蹲った母を蹴飛ばして、廊下へと走りでた。

「待ちなさい！　この男狂い！　色情狂！」

母の怒鳴り声を振り切るように、私はスニーカーをつっかけて、外へ飛び出した。

部屋着のトレーナーとハーフパンツのまま出てきてしまったので、外はとても寒かった。辛うじて、ソファから拾い上げて握りしめていた携帯電話で誠と圭太にメッセージを送ったけれど、なかなか返信はなかった。

湯上がりのせいもあり、凍えそうになった私は、近所のリカの家に避難させてもらおうとメッセージを送った。返事が待ちきれなくて、白い息を吐きながらリカの家へ向かう。

リカの家は真っ暗だった。家族もいないのかと不思議に思い、リカの携帯を鳴らしたが、出なかった。

家族で食事にでも出かけているのかもしれない。お金もなくて行く当てもないので途方にくれていると、庭のほうからがたがたっという音が聞こえた気がした。

「リカ？」

もうリカの家族でも誰でもいい、助けてもらおうと庭へまわると、そこには誰もいなかった。

庭には誰もいなかったが、リビングのカーテンが開いていて、微かに明かりがついた部屋の中が露《あら》わになっていた。

私は呆然と、中の光景を見つめていた。

そこでは、ぼんやりとした光のランプだけをつけた状態でリカが知らない男性とセックスをしていた。

二人とも服を脱いでいて、身体を寄せ合っている。そこで行われているのは、私たちがマウスにする儀式のような行為ではなかった。

性器という場所だけに追いすがるように、二人は一心不乱に腰を動かしていた。身体の中で穴はそこだけだとでもいうように、ひたすらに血の色をしたペニスを出し入れしている。裸の腕と腕が、脚と脚がからまり、まるで薄気味悪い軟体動物が蠢《うごめ》いているかのようだ。皮膚と皮膚がぶつかる音が、ガラス越しにここまで聞こえてくる。

二人ともだらしなく口をあけて、わけのわからない言葉を発していた。その獣の鳴き声のようなものが、「あえぎ声」なのだとわかるのに時間がかかった。

私は後ずさった。二人は唇を寄せ合う。どうやらキスをしているようだが、顔が二つしかないキスは、まるで顔の中で口だけが性器だとでもいうように互いの唇を食べ合っていた。

これがセックスなのだろうか？　カップルは皆、こんな行為をしているのだろうか？

同じセックスなのだから、カップルでもトリプルでもそんなに違いはないだろうと、高をくくっていた。吐き気がこみあげて、私は口を押さえて走り去った。

走りながら思った。自分もあんな行為の末に生まれたのだろうか？　嘔吐感がこみあげてきて、公園に着いた瞬間、地面にぶちまけた。

しばらく吐いて、胃の中のものがなくなったころ、ポケットの中で携帯が震えた。寒さと嘔吐感で痙攣する指で画面を開くと、圭太からのメッセージだった。気が緩んだせいか、「どうした!?」というシンプルな文字が、涙でぼやけた。

それからすぐに誠からも連絡がきて、二人はあっという間に駆けつけてくれた。公園のベンチにいる私を見つけると、誠が私にコートをかけてくれた。

「大丈夫？」

私は震えながらも、なんとか頷いた。

「とりあえず、今日は圭太の家に泊まろう。明日の朝になってから、僕と圭太で、お母さんに挨拶に行こう」

「そんなんで、わかってくれるような人じゃないよ。あの人たちは、私とは別の生き物だったんだよ」

凍えているせいで呂律《ろれつ》がまわらなかった。圭太が私の頭を撫でながら、

「何言ってるんだよ、真弓？」

と困った顔をした。

「さっき、友達がセックスをしているところを見ちゃったの。トリプルじゃなくて、カップルのセックスだよ。それを見て思ったの。私たちは絶対に分かり合えない。違う生き物なんだって」

私の言葉に、圭太が驚いた顔をした。誠は黙って私の背中を撫でていた。

「……あんなおぞましいことで私は生まれたの？　トリプルの、ちゃんとしたセックスで生まれた子になりたい。あんな不気味な行為で生まれただなんて、信じたくない」

私は誠と圭太に抱きついた。

「お願い、ねえ、ここでいいから、私たちのちゃんとした、『正しいセックス』をしよう？　何もかもが汚されたみたいで、吐き気が止まらないの」

誠が真面目な顔をして、漆黒の目で私を見つめた。

「真弓。『正しいセックス』なんて、この世にきっと、ないんだよ。僕たちにとってあれが正しいみたいに、きっとお母さんや友達にとっては、カップルのセックスは正

しい行為なんだよ」

「そんなの、気持ちが悪い」

「僕も気持ちはわかるよ。カップルのAVなんかを見ると、びっくりするし、吐き気がする。でも、だからといって、彼らが汚れているわけじゃないんだ」

「大丈夫かよ、真弓。ほんとになんか変だぞ？」

心配そうに私の顔を覗き込んできた圭太に、私はしがみついた。

「お願い、お願い、『正しいセックス』をして。私を浄化して。そうでないと、吐き気がして死んでしまう」

「そりゃあ、してもいいけど、まずはどこかへ行かないと……お前、凍えそうだぞ」

圭太は私の冷え切った手を握りながら言った。

「大丈夫。すぐに温かくなるから。ねえ、お願い。トリプルは三人で一つなんでしょ？　このままじゃ、私、壊れちゃうよ」

私のあまりに必死な様子に困惑したように、誠と圭太が顔を見合わせる。

「それじゃあいい、少しだけだよ？　真弓の調子が悪そうだったら、すぐに止めるからね」

私は誠のマフラーに顔を埋めながら、何度も頷いた。この汚れから自分が浄化されるなら、何でもよかった。


空が見える。

空が見える場所でセックスをするのは初めてだと、寝そべってから気が付いた。

今、私は「マウス」になって、公園の奥の茂みに横たわっていた。

あれほど感じていた寒さは、今はもう感じられなくなっていた。

身体中の穴に、二人の肉体の欠片《かけら》が差し込まれてくる。同時に、体液が肌を濡らす。まるで、溶け合った二人の体温の中を漂っているみたいに。

私の穴が二人を吸い込む。そのことが、私を浄化する。まるで二人の胎内を漂っているような心地よさの中で、少しずつ、身体の中に快楽が膨れていく。

二人の体液に包まれて眠りそうになりながら、私は自分の絶頂が近いのを感じていた。

その時、圭太の舌が私の目を舐めた。そのことで、そこから水が流れ出ていたことに気が付いた。

誠が私を慰めるように髪を撫で、私の膣に差し込んでいた指を止めた。そして、圭太に聞こえないくらい小さな声で私に囁《ささや》いた。

「大丈夫。真弓は清らかだよ。きっと、真弓も、お母さんも、友達も、三人とも清らかなんだ。だから他の人の清潔な世界を受け入れることができないんだ。それだけだよ」

それだけ私に告げると、誠は再び口を閉じ、私を犯すだけの突起へと戻った。耳と鼻と口と膣に、同時に突起が押し込まれる。どれが誰の突起で、液体で、何が入ってきているのか、そんなことはどうでもいいことだった。私たちは今、夜の中で三人、溶け合っていた。私は二人の胎児になって、二人から流れ出る羊水の中を泳いでいるのだ。

口に広がる苦さで、自分の喉に精液が流し込まれているのがわかった。その時、私の中で膨れていた快楽が破裂した。産まれるような声を思わずあげた瞬間、私の痙攣とともに、空の星の全てが一斉に震えた。

# 清潔な結婚

洗濯が終わった電子音で目を覚ました夫が、奥の部屋から眠そうに出てきた。

「おはよう……悪い、替わろうか」

我が家では、週末の洗濯は夫ということになっている。けれど銀行員の夫は昨夜も終電まで働いていたので、今日は私が替わることにしたのだ。

「大丈夫だよ。あ、緑のシャツも洗っちゃったけど大丈夫だった？」

「うん、ごめん、ありがとう」

洗濯物をベランダに運んで干している間に、夫は顔を洗って着替えを済ませ、テーブルを拭いたあと、自分で焼いたトーストを食べ始めた。

夫をみていると、とても清潔で賢い梟《ふくろう》を飼っているような気持ちになる。家の中に綺麗好きな動物がいるのはいいことだ。

結婚して3年たった今も、私にとって、夫は清潔な存在だった。同時期に恋愛結婚した友達は、夫に生理的嫌悪感を覚えるようになってしまったとぼやいている。私はそういうことは全くない。夫の食事の仕方は綺麗だし、排泄などの生理現象の折に、便器や水回りを汚したりということもない。綺麗好きな夫を見ていると、掃除を夫にして役割分担したほうがよかったのではないかと思うことすらある。

洗濯物を干し終えて夫にそんな話をすると、「それじゃ、僕はルンバみたいなものか」と笑った。確かに、それにも近い。

「ミズキさんはウサギとかリスとか、そういうものに近いな。無口で音に敏感で、こちらに飛びかかってきたり暴れたりすることもない」

「リスって暴れないの？」

「あくまでイメージだよ。僕達は、お互いを清潔で生活の邪魔にならない動物だと思い合っているということだよ。いいことじゃないか」

確かにそうだ。もちろん、トイレットペーパーを交換するタイミングが早すぎることとか、使い終わった食器を油ものは分けて重ねて欲しいのに、形が合うものを全部重ねてしまったりとか、細かいところで気になることはいっぱいある。けれどそれにいちいち苛々しないで済んでいるのは、私たちの間に程よい距離感があるからかもしれない。

私達は婚活サイトで知り合った。理想の結婚の欄に、「温かい家庭を築きたい」「子供がたくさんいる幸せな家庭！」などと連なっている中、夫の欄にはこう書いてあった。

「清潔な結婚希望」

プロフィール欄を詳しく読むと、そこにはこう書かれていた。

「性別のくくりに囚《とら》われない、仲の良い兄妹のような、穏やかな日常を希望します。」

興味を引かれて、メッセージを交換して直に会ってみることにした。夫は銀縁の眼鏡をかけた神経質そうな男性で、清潔な結婚というのは潔癖症のような意味合いだったのかと誤解しそうになった。

しかし、会って話してみると、彼の話は違った。

「僕の理想の家庭というのは、とても仲の良いルームメイトのような、または仲の良い幼い兄妹がお留守番をしているような、そんな穏やかな空間なんです」

「なるほど。それには、共感できます」

「そもそも、恋愛の延長線上で家族を探すということに、僕には違和感があるんです。家族なんだから恋愛感情は抜きで、男でも女でもない、ただの家族としてパートナーと向き合いたいんです」

「私も同感です。私は今まで、何度か男性と同棲しましたが、いつも途中で相手のことが気持ち悪くなり、こちらから別れました。家族なのに女であることを求められたり、一方で友達のような理解者であることを求められたり、なんだか矛盾しているんですよね。母親になったり女になったり友達になったりしなくてはいけない。私は、ただシンプルに、兄妹みたいに暮らせたらそっちのほうがいいです」

「僕も同感です！　それが言いたかったんです！　でも、誰もわかってくれなくて……。あの婚活サイトも、許せませんよ。年収を書く欄があったり、女性には得意料理を書く欄があったり……家族ってそういうもんじゃないでしょう。男とか女とかそういうものは抜きで、僕はパートナーを探したいんです」

彼は一気に喋ると興奮したようで、青いストライプのハンカチで汗をふいた。彼は手元の水を飲み干して溜息をついた。

「気持ちをわかっていただけて嬉しいです。でもそれは理想論だとは思うんですけれど……」

「いえ、やってみなければわかりませんよ」

「え？」

汗でずりさがった眼鏡を慌てて押し上げた彼の目を真っ直ぐ見据えて、私は彼に告げた。

「やってみませんか？　私と、『性別のない結婚』を」


「そろそろ、病院へ行こうか」

新聞を読みながら、夫が言った。

「病院ね……」

「ミズキさんも33歳でしょう？　そろそろ、卵子を受精させたほうがいいと思うのだけれど」

「そうね」

紅茶にレモンを浮かべていた私は頷いた。そろそろではないかと、私自身も思っていたのだ。

「そろそろいい時期かもね。私の仕事もおちついてきたし」

「じゃあ、来週にでも病院を予約しようか」

「ちょっと待って。今、ピルを飲んだところだから。明日からピルをやめるにしても、少しして、ちゃんと排卵されるように身体を整えないと」

夫は「そうか、ちょっと早まったね」と珍しく恥ずかしそうな顔をした。

「でも、初診ではまだ受精はしないとおもうけれど……。一応、内診もあるかもしれないから、出血が終わったころに一回、予約を入れるのはどう？」

「わかった」

ピルを飲み終えると私の場合は2日くらいで消退出血が訪れる。それは生理に比べるととても軽い出血で、2、3日で終わる。そのことを説明し、余裕をもって、2週間後の土曜日に初診の予約を入れることにした。


「性」を可能な限り排除した結婚は、思った以上に快適なものだった。私の年収は400万、夫は500万円だった。それぞれ月15万円ずつ家に入れ、残りのお金はそれぞれの名義の通帳で管理することになった。二人合わせて30万のお金で生活し、残りは貯金。マンションなどの共有財産は持たないことにした。

お金に関してぴったり同じにしたので、家事も半分に分けることにした。家事の労働は金銭とちがってきっぱりと折半にはできないが、夫には得意だという料理をやってもらい、私が洗濯と掃除を担当した。平日の夕飯はお互いに残業があるため各自適当に済ませることになり、そうすると少し私の負担が大きいのではということで、週末だけは夫が洗濯をやるということで意見は一致した。

そこまでは簡単だった。厄介なのは性行為だった。

夫は家では一切の性行為を禁じることを希望し、それは私も同じだった。

「性とは僕にとって、一人で自分の部屋で耽《ふけ》る行為か、外で処理する行為なんです。仕事でつかれて、ただいま、と帰ってくる家にセックスがある。そのことに生理的嫌悪感があるんです」

「とてもよくわかります。私も、恋愛の初期段階ではいいのですが、だんだんと付き合いが長くなり、半同棲のような状態になると、眠っていていきなり相手の手がのびてきたり、何かのきっかけで、のんびりくつろいでいたのにいきなり相手の手つきが性的になったりすることが、辛いんです。性欲のスイッチは自分で入れたり切ったりしたいし、家ではオフにしていたいんです」

「まったく同じ考えです。僕だけが異常なのではなかったと、ほっとしました」

こうして私達は最初からセックスを排除した、無性別夫婦になったのだが、困ったことに、私達はどちらも子供を希望していた。

いろいろとネットで調べて、セクシャルマイノリティの人がやむを得ない事情で生殖行為をする時のための専門のクリニックがあることを知った。同性愛者だけれど子供が欲しい。または、無性愛者だけれど子供を妊娠したい。人工授精するお金はない。もしくは、差別のない医者がなかなか見つからない。そういう人たちのためにある専門病院だとホームページに書いてあった。

私と夫はセクシャルマイノリティに当てはまるわけではないが、結婚する前に電話で問い合わせると、快く受診を許可してくれた。

「お子さんが欲しくなったら言ってくださいね。予約してくだされば、いつでも診療に応じますから」

「あの、私達は異性同士の夫婦なのですが……」

電話の女性は柔らかい声で応じた。

「大丈夫ですよ。うちの病院にはそういう方もたくさんいらっしゃいます。アニメーションでしか勃起しない男性と妻、セックスレスだけれどどうしても子供は欲しいご夫婦、どうしても互いの顔を見るとセックスできないというご夫婦。それぞれいろんなご事情がありますから。私達はそういった方達に、医療行為としてのセックスを提供するのが仕事です」

医療行為としてのセックス、というのがどういうものなのか皆目見当がつかなかったが、ほっとして、とにかく探せば方法はあるのだと思った。そのときの電話番号はまだ残っている。

トーストを食べ終えた夫はテレビゲームを始めていた。私はそれを横目で見ると、カウンセリングの予約をするために、その番号へダイヤルした。


2週間後の土曜日の午前、予約を入れた私たちは病院へ向かった。病院は青山の一等地にあり、いかにも儲かっていそうな、白い綺麗な建物だった。待合室には淡いベージュのソファが並べられ、リラクゼーションミュージックが流れていた。私達の他に女性が一人座っていて、やがて受付から何かの薬をもらって帰っていった。

「高橋さん、お入りください」

しばらくして名前を呼ばれ、中に入るとショートカットの女性の医者が座っていた。

「クリーン・ブリードのご予約ですね」

「あの、すみません、クリーン……なんですか？」

「クリーン・ブリード。直訳すると、清潔な繁殖という意味です。私達が提供する医療行為としてのセックスは、快楽を目的としたものではありません。それと差別化するために、このような呼び方をしています」

「はあ……」

女医は何度も頷きながら、私達の記入した問診票を眺めていた。

「うん、うん、なるほどね。結婚してからの性行為はゼロ回。子供が欲しいから今回、クリーン・ブリードをするために私達の病院を訪れたと。そういうわけですね」

「あの、まだ決めたわけでは……とにかく、そのクリーン何とかが、私達にはまだよくわからないので、ご説明願いたいのですが」

夫が言うと、女医は頷いて問診票を置き、脚を組んだ。

「まあ、それはホームページなどを見てもらえれば大体わかることだと思うんですが、ではもう一度口頭でご説明いたしますね。

現代では、精神的な問題でパートナーと性行為ができないという方が増えています。性的嗜好に合った相手が、家族としてふさわしい人間だとは限りませんし、その逆もしかり、ですよね。条件が合っていて家族として適している人物に、性的に興奮するとは限らない。

そもそも、従来の、夫婦でセックスをして子供を作るという考えが、古いんです。時代とまったく合っていませんよね。快楽の性行為と妊娠のための性行為とは、今では大きく乖離《かいり》しているというのに、そもそもそれを一緒くたにするということがナンセンスなんです。現代人の実情にそぐわないのです」

女医は立ち上がり、「クリーン・ブリードと新しい家族像」と書かれたパンフレットを私達に1冊ずつ手渡した。

「現代では性的嗜好は多様化してきています。ロリコンの男性が35歳の女性と結婚して勃起しますか？　2次元でしか興奮しない性的嗜好の女性が、現実の男性とセックスして苦痛を感じずにいられますか？　パートナーは必ずしも性対象ではありません。それはとても素晴らしいことです。下半身ではなく頭で考え、理性で家族を選んでいるわけですから。ただ、子供を作るときに困ることになる。そういったときに、私達のようなエキスパートの手を借りて、クリーン・ブリード……清潔な繁殖をして、優秀な遺伝子を未来へ残していくのです」

「はあ……」

女医が長々と話し続けるので手持ち無沙汰になった私は、ぱらぱらとパンフレットをめくった。そこには「新しい夫婦のスタイル」とか「最先端技術で行う、エロスではない高尚な体験」などという文字が連なっていた。

「問診票によれば、高橋さんご夫婦は、結婚前からはっきりと性行為とご結婚を切り離したうえで、籍を入れられたのですね。素晴らしいです。まさに、最先端の結婚スタイルですね」

「別に、そこまでたいそうなものでは」

ちょっと苦手なタイプだなあと、困って夫を見ると、夫も同じようで、白けたような顔で女医がくるくる回しているボールペンを眺めていた。

「高橋さんのようなご夫婦にこそ、クリーン・ブリードという最先端の医療行為がぴったりなんです。保険外診療なので、一回９５００円。奥様に基礎体温をつけていただき、排卵日に行います。何度か繰り返して妊娠ができなければ、不妊のご相談にも応じます。奥様はまだお若いし、クリーン・ブリードを繰り返せば、不妊治療をせずとも妊娠が望めると思いますよ。念のため、不妊の検査を先にやってからクリーン・ブリードのほうを始めることもできますが」

「高いな……」

思わずという調子で夫が呟いた。医者はにこやかに夫の方を見た。

「最先端の治療ですから。日本でもまだ取り入れている病院はほとんどなくて、需要に供給が追いついていない状態です。昨日は鳥取からわざわざいらっしゃったご夫婦が大変感銘をうけておられました。ご予約はいつになさいますか？　今なら施術中の音楽もお好きなものがお選びいただけます。基礎体温をつけていただき排卵日に予約を入れる形が基本ですがそうでない日でも十分ご懐妊の可能性が……」

「あの、今日はカウンセリングだけということで……ちょっと夫と相談してみます」

どんどん話が進みそうになるのを慌てて遮ると、医者はにこやかに頷いた。

「もちろん、ゆっくりご相談なさってくださいね。ただ、クリーン・ブリードはとても人気がありますので、排卵日にご予約できるとは限りません。今なら比較的、ゆとりがありますので、ご決断は早いほうがいいと思いますよ」

「わかりました。夫婦で話し合ってからまたお電話いたします」

夫は苛々とした様子で立ち上がった。私も慌てて夫について診察室を出た。


病院を出た私達は、普段それほど来ることがない青山を表参道方面へ向かって歩き、近くのカフェへ入った。

「どうする?」

カフェオレを飲んでいる夫に聞くと、夫は顔をしかめた。

「なんか、うさんくさいけど……。医療行為っていったって、人工授精じゃあるまいし、結局ミズキさんと僕が自分でするわけでしょう」

「だよねえ……」

私は溜息をついて、紅茶の入ったティーカップを人差し指で撫でた。

「……でも、じゃあどうする？」

ティーカップの中身を見つめながら、顔をあげずに私は尋ねた。

「ん？　何が」

「子供……。自力でしてみる？　二人で、家で」

言い終えるまえに猛烈な嫌悪感が私を襲い、思わず顔を伏せたまま眉間に皺を寄せ、椅子の背に寄りかかって夫から距離をとった。

「……いや、それは……」

夫もそれは同じだったようで、テーブルの下に見えていた夫の足がさっと引かれて見えなくなった。

夫が嫌悪感を持ってくれたことに少し安心して顔をあげると、夫は苦々しい表情でカフェオレの表面を見つめていた。

「……ちょっと敷居は高いけど、やっぱり人工授精にしようか。今はセックスレスの夫婦も利用してるっていうし、理解のあるお医者さんがいるかも。９５００円払うくらいなら、そっちを調べてみたほうがいいかもね」

「そうだね」

夫はほっとしたように、やっと視線をカフェオレから外して外を見た。カフェの外では犬をつれた女性や時計を見ながら急ぎ足のサラリーマン、携帯を弄《いじ》っている学生風の集団などが行き交っている。

私はぼんやりと行き交う人たちを眺めながら、このうちの何人が「愛のあるセックス」によって排出された精子だったのだろうかと考えていた。排卵日にした淡々としたセックスでできた子供かもしれないし、人工授精かもしれないし、強姦かもしれない。それでも精子は卵子に届いてヒトの形に膨らんでいく。

私は視線をテーブルの下へ戻した。夫の靴はまだ見えなかった。

お昼を食べ終えて、会社のトイレで歯磨きをしていると、電話がかかってきた。知らない番号からだった。少し躊躇《ちゅうちょ》して電話をとると、女の声がした。

「あなた、高橋ミズキさんですか？」

「あの、どちら様ですか？」

高圧的な物言いに少し苛々しながら尋ねると、女は言った。

「私、信宏《のぶひろ》さんとお付き合いしているものです」

「はあ。愛人ということですか」

私は間抜けな声をあげた。私と夫は、性を家庭内には持ち込まないが、性欲がないわけではない。外でセックスしてもいいという取り決めになっている。思春期の兄と妹のように、こっそりと外でデートをしてセックスをして、家の中ではセックスという言葉の意味すら知らない顔をして振る舞う。傍から見れば浮気なのかもしれないが、私達にとっては至極当然のことだった。私にも2ヵ月前までフェイスブックで知り合った恋人がいて、飽きて別れたところだ。

夫は子作りをすることになったのを機に、彼女に別れを告げたようだった。種付けされる卵子の持ち主である私と違って、別に精子はいくら振りまいてもいいのにずいぶん生真面目なことだと思ったが、女のヒステリックな様子からすると、元から別れたくてそれをいい口実にしただけかもしれなかった。

「私のこと訴えますか？　いいですよ、別に。恥をさらすのはあなたなんだから」

「いいえ、別に訴えません。別れもしません。あの、当事者同士で話し合っていただけますか？　私はあなたたちの関係において部外者なので」

淡々と答えれば答えるほど、女のほうは逆上していった。

「あなたたち、セックスレスだそうですね。女として恥ずかしくないんですか？　私は彼をいつも満足させているし、愛し合ってるわ」

「そうですね。愛人なんだから、もちろんそうでしょう。私達は家族なので、セックスはしないんです。あの、もう休憩が終わるので、長電話はできないのですが」

「あの人の本当に求めるセックスを、あなたは与えてあげられないくせに！　彼はあなたじゃ勃《た》たないのよ！」

「そうですね。だから家族なんです」

そこで休憩が終わる時間になったので、私は電話を切って、その番号を着信拒否にした。


「どうしたの、ミズキさん？」

ソファに座って携帯を弄っていると、風呂上がりの夫が、冷蔵庫からミネラルウォーターを取り出しながらこちらを見た。

「何が？」

「最近、携帯ばかり見てるからさ」

「うーん、最近、スパムメールが多くって。アドレス変えようかなあ」

夫は髪を拭きながら、「そういうのは設定をちゃんとすればいいんだよ。ミズキさんは機械音痴だからなあ」と言った。

メールは夫の愛人からだった。多分夫の携帯から私のアドレスを知ったのだろう。あれから毎日のようにメールが送られてくる。

最初はメールも拒否しようと思ったが、思ったよりも興味深いのでそのまま受け取ることにした。送られてくるのは、夫と彼女の性的な写真だ。

弟の自慰現場を目撃してしまったような、くすぐったい生々しさだった。夫は赤ちゃんプレイが好きなようで、女の胸を咥えたり、ひっくりかえっておむつをかえてもらったりしている。夫の性器を見るのは初めてのことで、そうしたプレイをしていると夫は興奮するらしく、おむつにお尻を包まれた下半身はかなりの勃起状態だった。

メールには彼女からの「彼のママになれるのは私だけ」「彼は私に肛門を触られると、『ママ、もっと』っておねだりするのよ？　あなたにそれができる？」「彼のママになれるのは私だけ。あなたは女性として欠陥品」などという、性欲と恋愛で脳味噌が沸いてるんだなあ、としか思えないようなメッセージがついてきていた。

おしゃぶりとよだれかけを付けて四つん這いになっている夫の画像はなかなか興味深かった。彼の性のパートナーが自分ではなくてよかった、としみじみ思った。

手の中で携帯が震え、また愛人からかとメールを開くと、今度は高校時代の親友の亮子《りょうこ》からだった。ベビーベッドの中で寝ている赤ん坊の画像に、『ミズキのとこはどう？　信宏さんはきっといいパパになるわよー！』というメッセージが添えられていた。

私は携帯をテーブルに置き、夫に呼びかけた。

「ねえ」

「ん？」

髪を拭きながらテレビを見ていた夫がこちらを振り返った。

「いろいろ考えたんだけれど、行ってみない？」

「どこへ？」

「あの病院。やっぱり人工授精はもっと高いところの方が多いし、それに理解してくれるお医者さんを探すのも大変だし。あそこなら気軽に行けるし、検査もないからその分の値段も安くなるわけだし。あと、身体の負担も、自然なセックスに近い分、やっぱりだいぶ軽減されるみたいだし」

「そう？　まあ、僕には女性の身体の負担はわからないし、ミズキさんがいいって言うなら」

夫は微妙な表情をしていたが、私の提案を蹴るほどあの医者が嫌なわけでもなさそうだった。

「実は、この前のカウンセリングの後から基礎体温もつけてるの。次の排卵日に予約入れてみない？　物は試しって感じで」

「そうだなあ。休みがとれれば行ってみようか」

夫はぼんやりとテレビを見たまま頷いた。テレビの画面の中では遠い外国の景色が、バイオリンの音と共に延々と流れていた。


私の次の排卵日は、都合がいいことに土曜日だった。私達は連れだって病院へ向かった。

「よろしくお願いします」

出迎えてくれた看護師に頭を下げると、夫も慌てて頭を下げた。

「では、まずこれに着替えてください」

私達は看護師に、真っ白な検査着のようなものを渡された。

「下着は全部とって、それだけを身に着けてください。貴重品はこちらのロッカーを使用してください。準備が終わったらお声をおかけください」

私達はそれぞれカーテンの中に入り、その真っ白い服を身に着けた。

女性用は思ったより露出が少なく、長袖に長いスカートだった。こんなに裾が長くては邪魔になるのではないかと少し思ったが、黙っていた。

「それでは、旦那様、こちらへ」

カーテンをあけると、私と同じ検査着を身に着けた夫が立っていた。

夫は慣れないスカートが落ち着かないようで手を前やうしろにやりながら、看護師に促されるままに奥の部屋へ入った。

部屋の中は真っ白で窓もなく、ただ白い大きな、歯医者の椅子をもっと巨大にしたようなリクライニングチェアが2脚、向き合って置かれているだけだった。部屋の中にはあと二人、マスクをした看護師が立っていた。部屋にはアロマオイルが焚かれていて、むせ返りそうなほどラベンダーの匂いが充満していた。微かにクラシック音楽が流れている。

「そちらの椅子に横になってください」

夫は奥の椅子に横たわった。そちらの椅子は背もたれが水平近くまで下げられていて、夫はベッドに寝ているような姿勢になった。

「奥様は、そちらの椅子へ」

私は促され、夫の椅子と向かい合っている白い椅子に座った。ふかふかとした感触で、夫の椅子より少し高い。

「足をここへお乗せください」

私のほうの椅子には、婦人科の診察台のように、足を置く台が両側にあり、右足と左足をそこへ乗せると、大きく股を開いている状態になった。長いスカートのおかげで恥ずかしさは感じなかった。

「それでは、今から旦那様が精子をお産みになります」

私たちを部屋へ連れてきた看護師もいつのまにかマスクをつけている。まるで手術でも始まるように、薄手のビニールの手袋をつけた看護師たちが頷いた。

リラクゼーションミュージックに合わせるように、薄手のビニールの手袋をした三人の看護師がスカートの裾から手を入れ、夫のペニスに触れているようだった。

「大丈夫ですか、高橋さん。がんばってください」

夫は眼鏡をとられて目を強く瞑《つむ》り、青白い顔で看護師にされるがままになっていた。

やがて、看護師の一人が神妙な表情で告げた。

「命の流れが旦那様の身体に到達いたしました」

夫がどうやら勃起したらしいと理解したところで、看護師が私に近づいてきた。

「では、奥様もこちらを」

大きく脚を開いた状態の私のスカートの裾から、ビニールに包まれた看護師の手が入ってきた。ハーブの匂いがするゼリー状のものを膣口に塗られ、ひんやりとした感触におもわずびくりとしてしまった。けれど婦人科で検診を受けているときのような感覚で、嫌ではなかった。

「では、命の流れを卵の方へとお繋ぎする準備をいたします」

重々しく看護師が告げ、何か器具のようなものを取り出した。それは銀色の筒のようなもので、筒の片側からはそれらしいコードのようなものがつながっており、先端のプラグはコンセントに差し込まれている。けれど、ちらりと見えた筒の中身は寒天に似たゼリー状のもので、どうやらオナホールに近いものではないかと想像できた。

看護師はいかにも治療していますという仕草で、スカートをめくりあげて夫のペニスを銀色のカップの中に差し込んだ。

「高橋さん、命が生まれるときは仰ってください。手をあげて！　わかりましたか!?」

夫は声もなく頷いていた。青ざめていて、自分の着ている検査着の裾をぎゅっと握りしめていた。

「電磁波で高橋さんの命の流れを促進しております！　わかりますか、高橋さん!?」

看護師は説明していたが、どうも看護師の手の動きをみると単に銀色のオナホールで夫のペニスをしごいているだけに見えた。けれど見た目はよくできていて、よくみると表面に英語で「クリーン・ブリード」と刻印されているようだった。コードのようなものを振り回しながら、看護師が一心不乱に機械を動かしている。中からひんやりとしたゼリーのようなものが私の足まで飛んできた。

「最新の器具なのでちょっと冷たいですが、我慢してくださいね、高橋さん、すぐですからね！」

夫は強制的に精液を引きずり出されるような行為に、時折うめき声をあげながら、脂汗を流した。

「高橋さん、がんばってください！」

「もうすぐですよ、ほら！　命の流れが旦那様からどんどん湧き出してきています」

「奥様、もっとこちらへ、そう、手を握って差し上げてください！」

私は混乱しながらも、背もたれから身体を起こして、夫から弱弱しく差し出された手を握った。

「そう、がんばって！　高橋さん！」

看護師は叫びながら夫のペニスを器具でしごき続けた。

「がんばって、あなた」

なんとなくその場に合わせて声をかけると、夫が震える左手を上にあげた。

「命の流れが旦那様から排出されます！」

看護師が叫び、私の椅子の背もたれが急に下がり、椅子が動き始めた。

私は天井を見上げた状態で、今自分たちがどうなっているのかさっぱりわからなかった。足を開いた状態で夫の方へと移動したらしく、椅子がとまると、まるでコンセントにプラグでも入れるように、夫のペニスだと思われるものが私の膣へと入ってきた。

私はぼんやりと、ビデのように無機質に夫のペニスが自分の中に入ってくる感触を覚えていた。どういう仕組みなのか、夫の性器にもこのゼリーが塗られているらしく、ペニスはひんやりとしていた。そのため、夫の性器はまるで精子を排出するための機械のように感じられた。

「排出されました！」

看護師が金切り声をあげ、微かに生温い感触が下腹に広がった。どうやら夫は射精したらしかった。

「お疲れさまです、高橋さん」

「お疲れさまでした、奥様」

看護師が天井を向いている私達それぞれの汗と体液を、熱いおしぼりで拭きとってくれた。

私は「こちらを」と渡された生理用ナプキンをつけて、ショーツを穿いた。夫は「お疲れさまでした」と労《いた》わられながら、額の汗を拭かれている。まるで夫が出産して、それを私が受け止めたみたいだった。

「念のため、しばらくはナプキンをつけて、性器はお洗いにならないでください。どうしても気になるようなら、家に帰ったあと簡単にシャワーでお流しください。お疲れさまでした、奥様」

「はあ……」

思ったよりあっけなかったことに拍子抜けしながら、私は頷いた。興奮する要素もないのに無理やり射精させられた夫の方が身体の負担があったようで、はあはあと荒い息をして辛そうにしていた。

「これで9500円なんて。ぼったくりだ」

帰り道、夫は憤りながら言った。私は吹き出しそうになるのを堪えて、

「確かにひどかったね」

と言った。

「私のほうは性的ではなかったけれど……大丈夫だった？」

「あんな無理矢理な行為、はじめてだ！　もしお望みなら薬を使うと言っていたけれど、そっちのほうがよかった」

夫は苛々としながら、「ただ、君の中に入って行くのもあの変な機械に入って行くのもあんまり違いがわからなくて、どこからどこまでが機械で君なのかさっぱりわからないまま、気が付いたら出していた。だから、人間と何かをしたという感覚は、ほとんどなかった」と呟いた。

「それなら、まあ、良かったじゃない。とりあえず、私達の無性生活は守られたんだから」

「まあ、そうだけれど……」

私達は近くの公園で足をとめた。

「ちょっと、トイレに行っていい？　ナプキンを替えたくて」

「うん、ああ」

自分が出したものが今、私から流れているということに違和感があるのか、夫が奇妙な顔で頷いた。

公園の中の公衆トイレに入って下着を下ろすと、まるで白い生理がきたように、ナプキンに夫の出した精液が流れ出ていた。

私はナプキンを新しいものに替え、外に出た。夫はベンチに座って待っていた。

「お待たせ」

「いや、大丈夫？」

私は夫の隣に座りながら「平気。でも少し疲れたから、休んでから帰ろうか」と言った。

私達はしばらく座って公園を眺めていた。

休日のせいか、公園には子供がたくさんいた。

「でもまあ、悪くない経験だったかもしれない」

「急にどうしたの？　さっきまであんなに怒っていたのに」

「いや、とにかく、僕は君と性行為をしたという感覚がまったくないんだ。そういう意味ではよかった。僕たちの間に、『性』が持ち込まれなかったっていうことなんだから」

夫はぼんやりと、砂場で遊ぶ女の子を見つめながらつぶやいた。

「子供ができるとしたら、女の子がいい？　男の子がいい？」

「女の子がいいなあ。男の子もいいけど、女の子って本当に目に入れても痛くないだろうなあって想像しているんだ」

「そう」

夫は目を細めて、砂場にいた女の子が立ち上がって走っていくのを見つめていた。

「ママー！」

女の子が無邪気に呼びかける先には、若い母親が笑顔で立っていた。

夫は仲の良い親子を見つめていた。母親が女の子の頭を撫で、女の子は笑いながら母親に抱きついた。

二人をじっとみている夫の額に、脂汗が浮かんできた。

「どうしたの？」

夫は答えなかった。急に口を押さえ、夫がしゃがみこんだ。

「ごほっ、ごほっ……」

夫は朝から何も食べていないせいか胃液しか出てこないようだった。まるでつわりのような症状で吐き気を堪えて蹲《うずくま》る夫を、私は見下ろしていた。

「ママー！　ママ！」

女の子の無邪気な声が公園に響き渡っている。また吐き気がこみあげてきたらしい夫の震える背中に手を伸ばすと、その拍子に、膣の中からごぼりと夫の精液が出てくる感触がした。

# 余命

そろそろかな、と思ったので準備を始めることにした。まずは業者に連絡し、家の中のものを全て処分した。

「お客様、そろそろ死ぬご予定がおありなんですか？」

業者の若い男が尋ねるので、私は頷いた。

「はい。明日か明後日を予定しています」

「そうですかー。俺も、来月くらいに彼女と死のうと思っているんですよ」

10代、20代の間ではカップル死を選ぶ人も多い。「いいですね」と私は相槌を打った。

「お客さんはどの辺りで死のうとしてるんですか？　ディズニーランドとか、お花畑とかですか、やっぱり」

「うーん、私はもっとナチュラルな死に方にしようと思ってるんです」

「あ、いいですねー、ナチュラル死。俺の姉貴もそれで死んでましたよー」

軽口をたたきながら業者の男たちはてきぱきと作業を終え、家の中はからっぽになった。

「では、私達はこれで。よい死を」

がらんとした部屋の中で、唯一残されたリュックサックを持って外へ出た。

医療が発達し、この世から「死」がなくなって100年ほどになる。老衰もなくなったし、事故死や他殺による死も、技術が発達してすぐに蘇生できるようになった。

人口は爆発するかと思われたが、意外にそうではなく、私たちは、「そろそろかな」と思ったときに、自分で好きなように死ぬようになった。本屋に行くと、死に方に関するいろいろな本が並んでいる。『女子にぴったり！　可愛い死に方100選』『男のインパクト死！　印象に残る死に方でかっこよく逝く方法』『愛される死に方ランキング☆図解説明付き』。さまざまな本の中から、私は『ナチュラルスタイルで死のう！　素敵な大人の死に方&ベストスポット』という本を選んだ。

そろそろかな、と感じる年齢はさまざまだ。200歳くらいまで生きていてまだまだ生きるつもりだという人もいれば、10歳で死ぬ子供もいる。36歳という今の年齢が早いのか、遅いのかはわからない。ただ、そろそろなんだろうな、となんとなく思ったのだ。けれどその直感はきっと正しいのだろう。人口は極端に減ることも増えることもなく、ちょうどいい人数が保たれ続けている。

本をめくって大体の目星をつけると、役所へ寄って、蘇生拒否手続きをする。死体で発見されても蘇生処置をされないためにだ。そのほか、僅かな貯金をどう処理するのか、などの事務処理を終え、死亡許可証をもらって外に出た。手続きは思ったより面倒で、やっと終えて外に出るともう暗くなっていた。

薬局へ寄って死亡許可証を見せ、薬を買った。苦しいのは嫌なので、比較的即効性のある強めの薬にしてもらった。

「お大事に。よい死を」

薬剤師のお姉さんが、おまけでビタミン剤をつけてくれた。

夜行列車に乗って、本で紹介している場所へと向かった。そこは静かな山奥で、冬はスキー場として賑わっているらしいが、今のシーズンは死のうとしている人たちがちらほらいるだけのようだった。

目的地の駅に着くと、私は山へと向かった。通りすがりに、ナイフで刺し合っているカップルを見た。互いに殺し合う死に方を選ぶ二人も多い。私は邪魔をしないように通り過ぎて、静かな場所を探した。山道を2時間ほど歩いて、やっと、誰もいなくて見晴らしのいい、良さそうな死に場所に到達した。私は本を参考にしながら、スコップで穴を掘った。だれか先に試した人がいるのか、土が柔らかかったので思ったより楽だった。

穴を掘り終えて、私はその中に横たわった。ミネラルウォーターでもらった薬を飲み、意識があるうちに自分に土を被せる。人がやってくれるほど上手にはできなかったが、一応、土の中に埋められたような形になった。

地上と繋げておいた短いホースから空気を吸いながら、土の温かさに囲まれて目を閉じた。そのうち薬が効いてきて、私は土の中に埋められたまま死ぬことができるだろう。土に還る、というのは今人気の死に方だ。死んだあと、あの人はああ死んだらしいとか、普段は地味なのに派手で迷惑な死に方をする奴だったとか、いい歳してあの死に方はないだろうとか、人間性を噂されたりセンスを笑われたりするので、なるべく大人しく、それなりにお洒落に死にたい。

医療がここまで発達する前は、死は向こうから勝手にやってくるものだったという。楽でいいなあと思う。今はわざわざ、人目を気にしてセンスのいい死に方を探しながら自分を葬らなくてはいけないのだから。

不意に頭が重くなり、自分が死んでいくのがわかった。来世では「自然な死」が復活しているといいな、と思いながら目を強く閉じた瞬間、ふっと意識が途切れた。

本書は二〇一四年七月に小社より刊行されました。

|著者| 村田沙耶香　1979年千葉県生まれ。玉川大学文学部芸術学科卒業。「授乳」で第46回群像新人文学賞（小説部門・優秀作）を受賞し、デビュー。『ギンイロノウタ』で第31回野間文芸新人賞、『しろいろの街の、その骨の体温の』で第26回三島由紀夫賞、「コンビニ人間」で第155回芥川賞を受賞。他の著書に『マウス』、『星が吸う水』、『消滅世界』などがある。

殺人出産《さつじんしゅっさん》

村田沙耶香《むらたさやか》



2016年8月10日第1刷発行
2025年6月25日第29刷発行

発行者――篠木和久
発行所――株式会社　講談社
東京都文京区音羽2-12-21　〒112-8001
電話　出版（03）5395-3510
　　　販売（03）5395-5817
　　　業務（03）5395-3615

Printed in Japan

講談社文庫
定価はカバーに
表示してあります

KODANSHA

デザイン―菊地信義
本文データ制作―講談社デジタル製作
印刷―――株式会社KPSプロダクツ
製本―――株式会社KPSプロダクツ



ISBN978-4-06-293477-0

# 講談社文庫刊行の辞

二十一世紀の到来を目睫に望みながら、われわれはいま、人類史上かつて例を見ない巨大な転換期をむかえようとしている。

世界も、日本も、激動の予兆に対する期待とおののきを内に蔵して、未知の時代に歩み入ろうとしている。このときにあたり、創業の人野間清治の「ナショナル・エデュケイター」への志を現代に甦らせようと意図して、われわれはここに古今の文芸作品はいうまでもなく、ひろく人文・社会・自然の諸科学から東西の名著を網羅する、新しい綜合文庫の発刊を決意した。

激動の転換期はまた断絶の時代である。われわれは戦後二十五年間の出版文化のありかたへの深い反省をこめて、この断絶の時代にあえて人間的な持続を求めようとする。いたずらに浮薄な商業主義のあだ花を追い求めることなく、長期にわたって良書に生命をあたえようとつとめるところにしか、今後の出版文化の真の繁栄はあり得ないと信じるからである。

同時にわれわれはこの綜合文庫の刊行を通じて、人文・社会・自然の諸科学が、結局人間の学にほかならないことを立証しようと願っている。かつて知識とは、「汝自身を知る」ことにつきていた。現代社会の瑣末な情報の氾濫のなかから、力強い知識の源泉を掘り起し、技術文明のただなかに、生きた人間の姿を復活させること。それこそわれわれの切なる希求である。

われわれは権威に盲従せず、俗流に媚びることなく、渾然一体となって日本の「草の根」をかたちづくる若く新しい世代の人々に、心をこめてこの新しい綜合文庫をおくり届けたい。それは知識の泉であるとともに感受性のふるさとであり、もっとも有機的に組織され、社会に開かれた万人のための大学をめざしている。大方の支援と協力を衷心より切望してやまない。

一九七一年七月

野間省一

藤沢周平　新装版 市　塵　(上)(下)
藤沢周平　新装版 決闘の辻
藤沢周平　新装版 雪明かり
藤沢周平　義民が駆ける
藤沢周平　〈レジェンド歴史時代小説〉喜多川歌麿女絵草紙
藤沢周平　闇の梯子
藤沢周平　長門守の陰謀
古井由吉　この道
藤田宜永　樹下の想い
藤田宜永　女系の総督
藤田宜永　女系の教科書
藤田宜永　血の弔旗
藤田宜永　大雪物語
藤　水名子　紅嵐記　(上)(中)(下)
藤原伊織　テロリストのパラソル
藤本ひとみ　新・三銃士　少年編・青年編〈ダルタニャンとミラディ〉
藤本ひとみ　皇妃エリザベート
藤本ひとみ　失楽園のイヴ
藤本ひとみ　密室を開ける手
藤本ひとみ　数学者の夏
藤本ひとみ　死にふさわしい罪
福井晴敏　亡国のイージス　(上)(下)
福井晴敏　終戦のローレライ　I～IV
藤原緋沙子　遠　花　火〈見届け人秋月伊織事件帖〉
藤原緋沙子　春《はる》疾《は》風《やて》〈見届け人秋月伊織事件帖〉
藤原緋沙子　暖《ぬく》め鳥《どり》〈見届け人秋月伊織事件帖〉
藤原緋沙子　霧の路《みち》〈見届け人秋月伊織事件帖〉
藤原緋沙子　鳴《なる》子《こ》守《もり》〈見届け人秋月伊織事件帖〉
藤原緋沙子　夏ほたる〈見届け人秋月伊織事件帖〉
藤原緋沙子　笛吹川〈見届け人秋月伊織事件帖〉
藤原緋沙子　青《せい》嵐《らん》〈見届け人秋月伊織事件帖〉
椹野道流　亡　羊　の　嘆〈鬼籍通覧〉
椹野道流　新装版 暁　天　の　星〈鬼籍通覧〉
椹野道流　新装版 無《む》明《みょう》の闇〈鬼籍通覧〉
椹野道流　新装版 壺《こ》中《ちゅう》の天〈鬼籍通覧〉
椹野道流　新装版 隻《せき》手《しゅ》の声〈鬼籍通覧〉
椹野道流　新装版 禅《ぜん》定《じょう》の弓〈鬼籍通覧〉
椹野道流　池《ち》魚《ぎょ》の殃《わざわい》〈鬼籍通覧〉
椹野道流　南《なん》柯《か》の夢〈鬼籍通覧〉
深水黎一郎　ミステリー・アリーナ
深水黎一郎　マルチエンディング・ミステリー
藤谷　治　花や今宵の
古市憲寿　働き方は「自分」で決める
船瀬俊介　かんたん「1日1食」!!〈万病が治る！　20歳若返る！〉
藤野可織　ピエタとトランジ
古野まほろ　身元不明《ジェーン・ドウ》〈特殊殺人対策官　箱崎ひかり〉
古野まほろ　陰陽少女
古野まほろ　陰　陽　少　女〈妖刀村正《むらまさ》殺人事件〉
古野まほろ　禁じられたジュリエット
藤崎　翔　時間を止めてみたんだが
藤井邦夫　大江戸閻《えん》魔《ま》帳《ちょう》
藤井邦夫　三つの顔〈大江戸閻魔帳(二)〉
藤井邦夫　渡世人〈大江戸閻魔帳(三)〉
藤井邦夫　笑う女〈大江戸閻魔帳(四)〉
藤井邦夫　罰《ばち》当《あた》り〈大江戸閻魔帳(五)〉
藤井邦夫　福の神〈大江戸閻魔帳(六)〉
藤井邦夫　野暮天〈大江戸閻魔帳(七)〉

本城雅人 去り際のアーチ〈もう一打席！〉
本城雅人 時代
本城雅人 オールドタイムズ
堀川惠子 裁かれた命〈死刑囚から届いた手紙〉
堀川惠子 死刑の基準〈「永山裁判」が遺したもの〉
堀川惠子 永山則夫〈封印された鑑定記録〉
堀川惠子 教誨師
堀川惠子 戦禍に生きた演劇人たち〈演出家・八田元夫と「桜隊」の悲劇〉
堀川惠子 暁の宇品〈陸軍船舶司令官たちのヒロシマ〉
堀川惠子・小笠原信之 チンチン電車と女学生〈1945年8月6日・ヒロシマ〉
誉田哲也 Qros《キュロス》の女
松本清張 黄色い風土
松本清張 殺人行おくのほそ道(上)(下)
松本清張 邪馬台国 清張通史①
松本清張 空白の世紀 清張通史②
松本清張 カミと青銅の迷路 清張通史③
松本清張 天皇と豪族 清張通史④
松本清張 壬申の乱 清張通史⑤
松本清張 古代の終焉 清張通史⑥
松本清張 新装版 増上寺刃傷
松本清張 ガラスの城〈新装版〉
松本清張 黒い樹海〈新装版〉
松本清張 草の陰刻(上)(下)〈新装版〉
松本清張他 日本史七つの謎
松谷みよ子 ちいさいモモちゃん
松谷みよ子 モモちゃんとアカネちゃん
松谷みよ子 アカネちゃんの涙の海
眉村 卓 ねらわれた学園
眉村 卓 なぞの転校生
眉村 卓 その果てを知らず
麻耶雄嵩 翼ある闇〈メルカトル鮎最後の事件〉
麻耶雄嵩 痾《あ》
麻耶雄嵩 メルカトルかく語りき
麻耶雄嵩 夏と冬の奏鳴曲《ソナタ》〈新装改訂版〉
麻耶雄嵩 メルカトル悪人狩り
麻耶雄嵩 神様ゲーム
町田 康 耳そぎ饅頭
町田 康 権現の踊り子
町田 康 浄土
町田 康 猫にかまけて
町田 康 猫のあしあと
町田 康 猫とあほんだら
町田 康 猫のよびごえ
町田 康 真実真正日記
町田 康 宿屋めぐり
町田 康 人間小唄
町田 康 スピンク日記
町田 康 スピンク合財帖
町田 康 スピンクの壺
町田 康 スピンクの笑顔
町田 康 ホサナ
町田 康 猫のエルは
町田 康 記憶の盆をどり
舞城王太郎 煙か土か食い物〈Smoke, Soil or Sacrifices〉
舞城王太郎 好き好き大好き超愛してる。
舞城王太郎 私はあなたの瞳の林檎
舞城王太郎 されど私の可愛い檸檬

舞城王太郎 畏《おそ》れ入谷《いりや》の彼女の柘榴《ざくろ》
舞城王太郎 短篇七芒星
真山 仁 虚像の砦
真山 仁 新装版 ハゲタカ(上)(下)
真山 仁 新装版 ハゲタカII(上)(下)
真山 仁 レッドゾーン(上)(下)
真山 仁 グリード〈ハゲタカIV〉(上)(下)
真山 仁 ハーディ〈ハゲタカ2・5〉(上)(下)
真山 仁 スパイラル〈ハゲタカ4・5〉
真山 仁 シンドローム〈ハゲタカ5〉(上)(下)
真山 仁 そして、星の輝く夜がくる
真梨幸子 孤《こ》虫《ちゅう》症《しょう》
真梨幸子 深く深く、砂に埋めて
真梨幸子 女ともだち
真梨幸子 えんじ色心中
真梨幸子 カンタベリー・テイルズ
真梨幸子 イヤミス短篇集
真梨幸子 人生相談。
真梨幸子 私が失敗した理由は

真梨幸子 三匹の子豚
真梨幸子 まりも日記
真梨幸子 さっちゃんは、なぜ死んだのか？
松本裕士 兄〈追憶のhide〉弟
円居 挽 原作 福本伸行 カイジ ファイナルゲーム 小説版
松岡圭祐 探偵の探偵
松岡圭祐 探偵の探偵II
松岡圭祐 探偵の探偵III
松岡圭祐 探偵の探偵IV
松岡圭祐 水鏡推理
松岡圭祐 水鏡推理II〈インパクトファクター〉
松岡圭祐 水鏡推理III〈パレイドリア・フェイス〉
松岡圭祐 水鏡推理IV〈アノマリー〉
松岡圭祐 水鏡推理V〈ニュークリアフュージョン〉
松岡圭祐 水鏡推理VI〈クロノスタシス〉
松岡圭祐 探偵の鑑定I
松岡圭祐 探偵の鑑定II
松岡圭祐 万能鑑定士Qの最終巻〈ムンクの〈叫び〉〉
松岡圭祐 黄砂の籠城(上)(下)

松岡圭祐 シャーロック・ホームズ対伊藤博文
松岡圭祐 八月十五日に吹く風
松岡圭祐 生きている理由
松岡圭祐 黄砂の進撃
松岡圭祐 瑕《か》疵《し》借り
松原 始 カラスの教科書
益田ミリ 五年前の忘れ物
益田ミリ お茶の時間
マキタスポーツ 一億総ツッコミ時代〈決定版〉
丸山ゴンザレス ダークツーリスト〈世界の混沌《カオス》を歩く〉
松田賢弥 したたか 総理大臣・菅義偉の野望と人生
真下みこと #柚莉愛《ゆりあ》とかくれんぼ
真下みこと あさひは失敗しない
松野大介 インフォデミック〈コロナ情報氾濫〉
松居大悟 またね家族
前川 裕 逸脱刑事
前川 裕 公務執行の罠〈逸脱刑事〉
前川 裕 感情麻痺学院
柾木政宗 NO推理、NO探偵？〈謎、解いてます！〉

## 講談社文庫　目録

村上春樹　1973年のピンボール
村上春樹　羊をめぐる冒険（上）（下）
村上春樹　カンガルー日和
村上春樹　回転木馬のデッド・ヒート
村上春樹　ノルウェイの森（上）（下）
村上春樹　ダンス・ダンス・ダンス（上）（下）
村上春樹　遠い太鼓
村上春樹　国境の南、太陽の西
村上春樹　やがて哀しき外国語
村上春樹　アンダーグラウンド
村上春樹　スプートニクの恋人
村上春樹　アフターダーク
村上春樹／佐々木マキ絵　羊男のクリスマス
村上春樹／佐々木マキ絵　ふしぎな図書館
村上春樹／糸井重里　夢で会いましょう
村上春樹・文／安西水丸・絵　ふわふわ
U.K.ル＝グウィン／村上春樹訳　空飛び猫
U.K.ル＝グウィン／村上春樹訳　帰ってきた空飛び猫
U.K.ル＝グウィン／村上春樹訳　素晴らしいアレキサンダーと、空飛び猫たち
U.K.ル＝グウィン／村上春樹訳　空を駆けるジェーン
T.ファリッシュ著／B.ルート絵／村上春樹訳　ポテト・スープが大好きな猫
村山由佳　天翔る
睦月影郎　密通妻
睦月影郎　快楽アクアリウム
向井万起男　渡る世間は「数字」だらけ
村田沙耶香　授乳
村田沙耶香　マウス
村田沙耶香　星が吸う水
村田沙耶香　殺人出産
村瀬秀信　気がつけばチェーン店ばかりでメシを食べている
村瀬秀信　それでも気がつけばチェーン店ばかりでメシを食べている
村瀬秀信　地方に行っても気がつけばチェーン店ばかりでメシを食べている
虫眼鏡　東海オンエアの動画が6.4倍楽しくなる本〈虫眼鏡の概要欄　クロニクル〉
森村誠一　悪道
森村誠一　悪道　西国謀反
森村誠一　悪道　御三家の刺客
森村誠一　悪道　五右衛門の復讐
森村誠一　悪道　最後の密命
森村誠一　ねこの証明
毛利恒之　月光の夏
森博嗣　すべてがFになる〈THE PERFECT INSIDER〉
森博嗣　冷たい密室と博士たち〈DOCTORS IN ISOLATED ROOM〉
森博嗣　笑わない数学者〈MATHEMATICAL GOODBYE〉
森博嗣　詩的私的ジャック〈JACK THE POETICAL PRIVATE〉
森博嗣　封印再度〈WHO INSIDE〉
森博嗣　幻惑の死と使途〈ILLUSION ACTS LIKE MAGIC〉
森博嗣　夏のレプリカ〈REPLACEABLE SUMMER〉
森博嗣　今はもうない〈SWITCH BACK〉
森博嗣　数奇にして模型〈NUMERICAL MODELS〉
森博嗣　有限と微小のパン〈THE PERFECT OUTSIDER〉
森博嗣　黒猫の三角〈Delta in the Darkness〉
森博嗣　人形式モナリザ〈Shape of Things Human〉
森博嗣　月は幽咽のデバイス〈The Sound Walks When the Moon Talks〉
森博嗣　夢・出逢い・魔性〈You May Die in My Show〉
森博嗣　魔剣天翔〈Cockpit on knife Edge〉
森博嗣　恋恋蓮歩の演習〈A Sea of Deceits〉
森博嗣　六人の超音波科学者〈Six Supersonic Scientists〉

2025年 3月 14日現在